Der Widerspruch

HERBERT GÜNTHER

Der Widerspruch

ROMAN

Leben ist aussuchen.
KURT TUCHOLSKY

TEIL 1
Winter

ZEITUNGSSPLITTER

+++ Im Januar 1963 liegt Deutschland unter einer tiefen Schneedecke. Flüsse und Seen sind zugefroren. Eis und Schnee behindern den Straßenverkehr.

+++ Der Jahreswechsel verlief ruhig. Keine besonderen Vorkommnisse, meldet der Polizeibericht. Nur zwei Männer sind von Jugendlichen »angefallen« worden, Unbekannte haben Fensterscheiben zertrümmert, ein Vierzehnjähriger hat einen Feuermelder eingeschlagen. In einem Zeitungsgedicht zum neuen Jahr heißt es:
»Es wird ein gutes Jahr, der Wohlstand bleibt,
Tendenz heißt weiter: satt und wohlbeleibt ...«

+++ Am Neujahrsmorgen wird ein Mann bei der Flucht über die Zonengrenze zwischen DDR und BRD angeschossen und stark blutend von seinem Freund auf die westliche Seite getragen. Seit dem 13. August 1961 trennt die Mauer den Ost- und den Westteil Berlins.

+++ Der sowjetische Ministerpräsident Nikita Chruschtschow plädiert für eine Koexistenz zwischen den kommunistisch und den kapitalistisch geprägten Machtblöcken auf der Welt. Der Staatsratsvorsitzende der DDR, Walter Ulbricht, fordert den Abschluss eines

Friedensvertrages zwischen den beiden deutschen Staaten. Willy Brandt ist Bürgermeister von Westberlin.

+++ »Mit Konflikten leben« ist das Motto des 11. Evangelischen Kirchentags in Dortmund. In Südvietnam werden acht amerikanische Hubschrauber von Vietcong-Rebellen abgeschossen.

+++ Bundeskanzler Konrad Adenauer feiert seinen 87. Geburtstag. Seine Gespräche mit dem französischen Präsidenten Charles de Gaulle im Januar 1963 ebnen den Weg zu einer europäischen Wirtschaftsgemeinschaft, der EWG.

+++ Im zurückliegenden Jahr, 1962, ist die Welt während der »Kuba-Krise« nur knapp einer atomaren Katastrophe entgangen. Der amerikanische Präsident John F. Kennedy gilt danach als unumstrittener Führer der westlichen Welt und macht Vorschläge zur Abrüstung der Atomraketen.

Hoffnungen und Ängste halten sich die Waage. Unter Schnee und Eis spielt das Große dem Kleinen die Bälle zu – und das Kleine dem Großen.

RENI

»Reni, wo bleibst du? Es ist Viertel nach sechs!« Meine Mutter ruft die Treppe herauf.

Für einen Moment bleibe ich in der Tür stehen und sehe in mein Zimmer: mein aufgeschlagenes, schlafwarmes Bett, die Poster an den Wänden, Cliff Richard, Elvis, die vier Pilzköpfe, Gregory Peck, John F. Kennedy, Tony Curtis. Ich sehe über die am Boden verstreut liegenden Bravo- und Modehefte, den traurig-verstaubten Gummibaum in der Ecke, meinen Schreibtisch vor dem Fenster, den Bauernschrank mit den verblassten Rosenbildern auf den quietschenden Türen, die Kuckucksuhr, ein Erbstück von Oma Alma – und plötzlich überkommt mich ein seltsames Gefühl. Wie Abschied, wie Trennung. Als wäre heute nicht einfach nur der erste Schultag nach den Weihnachtsferien. Als würde ich im neuen Jahr 1963 nicht mehr dieselbe sein wie vorher.

Keiner ahnt es, in meiner Familie nicht und nicht in meiner Klasse: Seit ich IHN kenne, weiß ich, dass das Leben da draußen anders ist, ganz anders, als man sich das vorstellt, wenn man in so einem kleinen Kaff aufwächst wie dem unseren.

Ich muss mich zusammenreißen, darf mir nichts anmerken

lassen. Langsam gehe ich die Treppe hinunter. Wenn ER wüsste, woher ich komme. Kuhstall, Misthaufen, eine Familie von zurückgebliebenen Spießern.

In der Küche weht mir die dumpfe Wärme von Kachelofen und Herd entgegen. Nur meine Mutter ist auf den Beinen, hat in Dunkelheit und sibirischer Kälte Schweine und Kühe gefüttert und den Frühstückstisch für alle gedeckt. Jetzt im Winter drehen sich Vater und Hinrich, mein Bruder, morgens noch ein paarmal im Bett herum. Und Mette, meine kleine Schwester, muss erst zwei Stunden später zur Grundschule ins Nachbardorf.

»Alles in Ordnung?«, fragt Mutter.

Wieso fragt sie das? Was will sie aus mir rauskitzeln? Ich werfe die Aktentasche mit meinen Schulbüchern in die Lücke zwischen Eckbank und Kachelofen und setze mich auf meinen Platz.

»Was soll denn nicht in Ordnung sein?« Zum Auswachsen ist das. Mutter hat mich unter Generalverdacht. *Mädchen in deinem Alter, da weiß man nie.*

So wie meine Mutter will ich auf keinen Fall werden. Kaum je ist sie aus ihrem Dorf rausgekommen. Ihr Leben lang hat sie gemacht, was ihr Mann wollte. Wahrscheinlich ihm zu Gefallen war sie im Bund Deutscher Mädel, weil er ein ganz Strammer in der Hitlerjugend war. In unserer Familie wird nicht über diese Zeit geredet. Und wenn ich frage, heißt es, das versteht heute keiner mehr. Soweit ich weiß, hat Mutter nie einen anderen Lover als meinen Vater gehabt.

»Man wird doch mal fragen dürfen«, sagt Mutter in dem Ton, den ich am wenigsten an ihr leiden kann. Ein Vorwurf schwingt darin, als wäre ich schuld daran, dass sie die Welt nicht mehr versteht. Als wäre sie neidisch auf mich, auf das bisschen Selbstständigkeit, das ich mir rausnehme. Ab Ostern noch ein Schuljahr, dann Mittlere Reife, anschließend zwei, drei Jahre Gymnasium und Abi machen. Aber dann bin ich weg, garantiert.

In der Nacht hat es geschneit. Die Quecksilbersäule steht bei minus 12 Grad. Ich schlittere über die dunkle Dorfstraße. Sieben Uhr zehn soll der Bus an der Haltestelle an der Kirche abfahren, aber damit wird es heute nix. Der Schneepflug hat zwei kniehohe weiße Wände an die Ränder geschoben und die Straße fast um die Hälfte schmaler gemacht. Das Streusalz hat die verharschte Fahrbahn nur fleckenweise zum Tauen gebracht.

Dick vermummte Gestalten an der Haltestelle. Weiße Atemfahnen geistern vor ihren Köpfen und steigen aus dem Lichtkreis der Laterne in die Dunkelheit auf. Die Weltuntergangs-Erna ist da, die hochnäsigen Brüder Haferkamp, Frau Drößler, die bei Karstadt an der Kasse sitzt, Frau Weisskirchen von der Krankenkasse und der schmale Metzgergeselle Volker Brosenne. Die immer gleiche Abordnung, die aus unserem 400-Seelen-Dorf mit dem ersten Bus in die Stadt fährt. Selten sind es weniger, selten mehr. Man kennt sich, ohne viel zu reden, vermisst sich, wenn einer fehlt, weiß wenig voneinander und doch genug, um anderswo viel übereinander zu klatschen. So ist das hier, so wird es hier immer sein.

Unser Kaff. Wenn ich nur endlich weg wäre. Wieso aber dann dieses seltsame Gefühl wie Abschied? Wieso bin ich nicht froh über die Aussicht, dass mich das alles bald nichts mehr angehen wird?

»Das kann dauern heute«, sagt Frau Drößler und Frau

Weisskirchen, die seit Jahren mit dick aufgetragenem Make-up und süßlichem Parfüm gegen Falten und Alter ankämpft, nickt.

»Wenn Koller fährt«, sagt Olli, der jüngere der Haferkamp-Brüder, »dann liegen sie vielleicht schon alle im Graben. Oder sind gegen einen Baum geknallt wie vor zwei Jahren in der Mühlenbergkurve.«

»Junge, mal den Teufel nicht an die Wand«, sagt die Weltuntergangs-Erna, Pförtnerin im Wasserwirtschaftsamt. Ihren Namen hat sie sich vor nicht mal einem Vierteljahr eingehandelt, als sich im Oktober 62 amerikanische und sowjetische Atomraketen vor Kuba gegenüberstanden und es tagelang so aussah, als könne ein Atomkrieg die ganze Welt vernichten. Damals war Erna Möller kurz vor einem Nervenzusammenbruch gewesen. Ihr Gejammer war jeden Morgen schlimmer geworden. Außer sich und den Tränen nahe hatte sie lamentiert: »Kann sich das einer vorstellen? Das kann sich keiner vorstellen! Es wird einen Blitz geben, einen hellen Blitz, und dann ist alles Leben auf der Erde dahin, ausgelöscht, nur noch Wüste überall. Und wir? Nichts als ein Häufchen Asche! Kann sich das einer vorstellen? Das kann sich keiner vorstellen!«

Vor allem Frau Weisskirchen hatte sich gegen die apokalyptischen Visionen zur Wehr gesetzt und die Möller beruhigt, als könne ihre Krankenkasse den Weltuntergang verhindern. Wirklich verhindert hatte es dann die Einsicht der Politiker in letzter Minute. Der strahlende Kennedy, ein Traum von einem Mann, hatte gewonnen, der russische Nikita verloren. Kennedy, der Siegertyp, *the Leader oft the free world*. Seit damals hängt sein Bild in der Postergalerie über meinem Bett.

Geredet wird heute noch weniger als sonst. Der Metzgergeselle raucht eine Zigarette nach der anderen. Wir trippeln alle auf der Stelle, um uns warm zu halten. Bei jedem Lichtschein, der auf der Straße herangeistert, recken wir erwartungsvoll die Köpfe und seufzen enttäuscht, wenn es wieder nicht der Bus ist. So ist das hier in diesem Kaff. Alle warten immer auf irgendwas, aber nichts kommt.

Mit einer halben Stunde Verspätung schleicht der Bus dann doch heran. Fast lautlos taucht er aus der beginnenden Morgendämmerung auf und Volker Brosenne muss seine gerade angezündete Zigarette im Schnee zertreten.

Im Bus ist es warm. Ich gehe durch das Spalier von Schlafgesichtern und setze mich auf den Fensterplatz hinten links auf der noch leeren Bank in der letzten Reihe. Clemens Haferkamp setzt sich mit Abstand von zwei Plätzen neben mich und grinst. Ich tue so, als sehe ich ihn gar nicht. Seit dem Schützenfest rede ich nicht mehr mit dem. Der weiß schon, warum. Die Haferkamp-Brüder gehen zwar zum Gymnasium, aber primitiv sind sie trotzdem. Denken, sie können sich alles erlauben. Aber nicht mit mir, das sollen die sich mal besser merken.

Der Bus setzt sich in Bewegung. Der Fahrer löscht das Licht. Wir schaukeln aus dem Dorf hinaus. Im Dämmerschein, im Gewisper der flüsternden Stimmen und in der Wärme, die nach Kunststoffsitzen, feuchten Mänteln und anderen Ausdünstungen riecht, kommt wieder diese seltsame Wehmut in mir auf, als sei all dies Immergleiche, all dies langweilig Gewöhnliche es wert, dass man ihm nachtrauert.

Im nächsten Dorf steigt Robert ein. Er kommt den Gang entlang, sieht sich um, winkt mir zu.

Unsere Schule, unsere Klasse – also gut, ich gebe zu, ich

gehe da nicht ungern hin. Meine Stimme zählt da was. Die Mädchen hören auf mich, garantiert, und die Jungen irgendwie auch. Das hat sich so ergeben im Lauf der Jahre. Alle finden das in Ordnung so, die sind doch froh, wenn ihnen jemand sagt, wo's langgeht. Schade eigentlich, dass wir in anderthalb Jahren auseinandergehen.

Robert kommt nicht zu mir nach hinten. Er setzt sich in der Mitte des Busses auf einen freien Zweiersitz.

Soll er doch. Von mir aus. Ich weiß genau, warum er sich da hinsetzt. Zwei Haltestellen weiter wird die Petersen einsteigen, Britta Petersen aus der 9 b. Mir ist längst klar, dass er in die verknallt ist. Robert, der Traumtänzer, der Romantiker. Seit einem halben Jahr machen die zusammen die Schülerzeitung, die Petersen, Robert und noch ein paar andere. Tilla Thorwald, Lehrerin für Erd- und Gemeinschaftskunde, eine ehemalige Journalistin, bemuttert die »Arbeitsgemeinschaft Publizistik« und überall erzählt sie rum, was für tolle Artikel Robert schreibt, der schüchterne Robert. Seit er das mit der Schülerzeitung macht, ist er aufgetaut wie ein Eiszapfen an der Sonne. *Chefredakteur Robert Hoffmann. Stellvertreterin Britta Petersen.* Na toll. Sogar zum Klassensprecher wollen sie Robert jetzt machen. Ich habe nichts dagegen. Außer dass wieder ein Junge Klassensprecher werden soll. Aber es ist ja gar nicht so, dass Klassensprecher den Ton angeben. Klassensprecher haben nur den meisten Zoff mit den Lehrern. Wo's langgeht in der Klasse, das bestimmen ganz andere.

Es ist schon so, von manchen in unserer Klasse habe ich mich wegentwickelt. Ich will nicht hochnäsig sein, wirklich nicht, aber ich kann mit Gleichaltrigen nicht mehr viel anfangen. Die meisten sind kindisch und naiv. Die Jungen sowieso, die sind in ihrer Entwicklung um Lichtjahre zurück, garantiert. Zwar gaffen sie einem alle auf den Busen, aber wenn es ernst würde, wüsste doch keiner, wie er es anfangen soll.

Es kommt dann genau, wie ich mir das gedacht habe: In Kirchwalde – fünf Häuser und eine Kapelle am Waldrand – steigt als Einzige die Petersen zu, streift mit lässiger Geste die Kapuze ihres dunkelblauen Mantels zurück und balanciert, während der Bus anfährt, durch den Gang. Robert steht auf, rote Birne und total verlegen, die Petersen schiebt sich dicht an ihm vorbei auf den frei gehaltenen Fensterplatz. Robert setzt sich neben sie, sie stecken die Köpfe zusammen, reden, gnickern, lachen. Niedlich, irgendwie niedlich.

Robert – das war in seiner schüchternen Zeit –, der war auch mal in mich verknallt. Vielleicht denkt er, ich hätte das nicht mitgekriegt. Habe ich wohl. Ich hätte nur mit den Fingern schnippen müssen und er wäre hinter mir hergedackelt. Der muss sich also nicht einbilden, ich wäre eifersüchtig. Kein bisschen. Ich gönne ihm doch seine kleine Flamme und auch, dass er auf einmal überall im Mittelpunkt steht.

Und trotzdem ... Er hätte sich neben mich setzen sollen. Wenigstens heute, am ersten Tag nach den Ferien. Am ersten Schultag im neuen Jahr.

Vielleicht werde ich heute bei der Klassensprecherwahl doch für Ingo stimmen und nicht für Robert.

ROBERT

»Vierzehn Stimmen für Robert, sieben für Ingo, zwei ungültige«, verkündet der Nachtjäger. Er wirft die Stimmzettel vor sich auf den Tisch. »Damit ist Robert gewählt. Ich frage dich: Nimmst du die Wahl an?«
Ich stehe auf. Die anderen klopfen Beifall auf die Tische, ein paar Jungen johlen. Mit so viel Zustimmung habe ich nicht gerechnet. Irgendwas in mir macht einen Hüpfer.
»Ja natürlich«, sage ich. »Ich nehme die Wahl an.«
»Wow, Robbi!«
»Robbi for President!«
»Dann gratuliere ich«, sagt der Nachtjäger, kommt auf mich zu und streckt mir die Hand entgegen. Ich drücke sie kräftig, weil ich weiß, dass der Nachtjäger schlaffe Jungen nicht mag, als Klassensprecher schon gar nicht.
Ingo dreht sich von seinem Stuhl hoch, schlurft über den Gang zwischen unseren Tischen, boxt mir in die Rippen und gratuliert. »Du machst das schon, Alter!« Es klingt, als sei er froh, dass der Kelch an ihm vorübergegangen ist. Aber hinter seinem Grinsen, glaube ich, versteckt sich doch eine Spur von Enttäuschung.
»Robbi, the leader oft the free world!«, ruft Bruno aus der

letzten Reihe. Und Horst Weinrich, der neben Bruno sitzt, bölkt: »Ein Volk, ein Reich, ein Führer!« Er salutiert, die Hand auf Höhe seines abstehenden Ohrs.

Der Nachtjäger verzieht das Gesicht zu einem gespielten Tadel. Mild lächelnd droht er Horst Weinrich mit dem Zeigefinger. »Das will ich aber nicht gehört haben!« Wie in unserer Klasse nicht anders zu erwarten, ist Reni die Erste, die sich empört. »Du blödes Nazischwein, Hotte!«, ruft sie durch die Klasse.

Stimmengewirr, Vorwürfe und Beleidigungen fliegen hin und her.

Der Nachtjäger streckt beide Arme in die Luft. »Meine Damen und Herren!«, ruft er. »Ruhe! Ich bitte um Ruhe!« Wenn er zum Spotten aufgelegt ist, redet er mit uns, als wären wir erwachsen.

Der Geräuschpegel ebbt ab. »Ich muss doch sehr bitten, Fräulein Horn«, sagt der Nachtjäger. »Wir wollen gesittet bleiben, nicht wahr? Wir haben doch Demokratie, nicht wahr? Da kann jeder sagen, was er will, denke ich, oder?«

»Aber nicht so einen Schwachsinn!«, ruft Reni. »Nicht so eine braune Soße!«

Keiner außer Reni wagt, beim Nachtjäger aufzumucken. Der Nachtjäger heißt Werner Richard Hartmann und ist unser Klassenlehrer. Deutsch, Evangelische Religion und Sport. Wer ihm den »Nachtjäger« angehängt hat, weiß keiner so genau. Vielleicht hat er den Namen schon von einer Klasse vor uns. Wenn er gut drauf ist, erzählt Herr Hartmann von seinen Heldentaten als Flieger im Luftkampf über England. In der Rangliste der Spitfire-Abschüsse, sagt er, war er immer ganz oben. Seinen Spitznamen hat er längst akzeptiert. Ich schätze, er schmeichelt ihm sogar.

Wie immer geht der Nachtjäger auf Renis Empörung nicht weiter ein. Wie immer sagt er nicht, was er wirklich denkt. Ich habe lange gedacht, er ist ein guter Lehrer. Meine Aufsätze gefallen ihm. Inzwischen habe ich Zweifel. Als ich ihm voller Stolz erzählt habe, dass Tilla Thorwald mich zum Chefredakteur von *Punktum* ernannt hat, hat er mich tief enttäuscht. »Die Thorwald? Schülerzeitung?« In seinen Augen waren nur Spott und Verachtung. »Das ist doch Pipifax, Junge.« Das ist ihm so rausgerutscht. Danach hat er kein Wort mehr darüber verloren. Aber klar ist: Tilla Thorwald und Werner Richard Hartmann, das sind zwei Welten.

Die Stunde geht mit Grammatik zu Ende, Übungen zur Groß- und Kleinschreibung, und Jonas, der neben mir sitzt, taucht ab, verschwindet in sein Comicheft unter der Tischplatte.

Seit zwei Jahren, seit wir zusammen sitzengeblieben sind, ist Jonas mein bester Freund. Dabei hätte ich nie gedacht, dass wir das mal werden. Auf den ersten Blick ist er so ziemlich das Gegenteil von mir, ein Virtuose im Blödeln, ein Meister der Ablenkung, genau der Typ, vor dem Eltern und Lehrer warnen. Ich verdanke ihm viel.

Am Alten wollen wir festhalten, schreibt der Nachtjäger an die Tafel. Dann wendet er sich der Klasse zu und sagt: »Aber: Das *Festhalten* am Guten und Schönen. Wie sieht es also beim folgenden Satz aus: Zum *Festhalten* brauchen wir einen Griff. Festhalten – groß oder klein?«

Jonas sieht von seinem Fix-und-Foxi-Heft auf, zieht mein aufgeschlagenes Sprachbuch zu sich hin und schreibt mit Kugelschreiber an den Rand: *Zum Festhalten künstlicher Gebisse nimmt, wer's kennt, Kukident. Groß oder klein?* Er schiebt mir das Buch hin.

Ich grinse.

Ein Schatten fällt auf unsere Tischplatte. Der Nachtjäger nimmt mir das Buch aus der Hand. Er liest, schüttelt den Kopf. Aber sein stechender Blick trifft nicht mich, sondern Jonas.

»Was soll der Blödsinn?«

Jonas zieht die Schultern hoch, steht auf, bringt sich mit zwei Rückwärtsschritten in Sicherheitsabstand und sagt: »Ich übe. Groß- und Kleinschreibung.«

Vereinzeltes, vorsichtiges Lachen. Alle wissen: Für Jonas' Art von Humor hat der Nachtjäger kein Organ. Er mag ihn nicht. Die geringste Kleinigkeit reicht, um ihn fertigzumachen.

»Idiot!« Der Nachtjäger knallt das Buch auf den Tisch. »Die Schule ist kein Kindergarten!«, brüllt er. »Das wirst du nie begreifen! Wenn du weiter solchen Schwachsinn produzierst, wird es besser sein, du gehst Ostern ab. Am besten gleich auf die Klippschule, wo solche wie du hingehören!«

Jonas lässt sich auf seinen Stuhl fallen und sackt in sich zusammen. Minutenlang noch zittert die Luft. Wenn der Nachtjäger ausrastet, ducken sich alle weg.

»Mach dir nichts draus«, flüstere ich Jonas zu. Aber er hört mich nicht. Sein Gesicht ist wie versteinert. Ich kenne das inzwischen: Er hat nicht nur diese eine, die Quatschmacherseite. Wenn er plötzlich aus der Leichtigkeit seiner Blödeleien in der Wirklichkeit ankommt, dauert es lange, bis er wieder der Alte ist. Es wäre eine Katastrophe, würde es dem Nachtjäger tatsächlich gelingen, ihn aus der Schule zu drängen. Für seine Mutter vielleicht noch mehr als für Jonas.

In der großen Pause – wegen Kälte und Schnee heute im

Klassenraum – kommen Reni und Wiebke an, Freddie und Peter und sogar Locke aus der Ingo-Clique und klopfen mir auf die Schulter.

»Toll, Robert, dass du jetzt Klassensprecher bist!«

»Du bist genau der Richtige!«

So viel Zuspruch tut gut. Den ganzen Vormittag über fühle ich mich wie auf einer Wolke. Schade, dass Britta nicht in unserer Klasse ist. Im Bus heute Mittag werde ich sie auch nicht sehen. Sie bleibt in der Stadt, weil sie am Nachmittag eine Verwandte im Krankenhaus besuchen will.

In meiner Euphorie merke ich erst in der nächsten Pause, dass es Jonas diesmal stärker getroffen hat als sonst. »Du, der macht mich fertig«, sagt er. »Der will mich loswerden. Und der schafft das ...«

»Ach komm«, sage ich. »Mach dir keinen Kopf. Morgen hat er das vergessen.«

Es überzeugt ihn nicht, aber er sagt nichts mehr dazu und ich schwimme weiter in meinem neuen Wohlgefühl, dazuzugehören und jetzt sogar Klassensprecher zu sein ...

Das Wolken-Gefühl verlässt mich auch nach der Schule nicht. Zu Hause würde ich am liebsten alles erzählen, aber ich weiß schon: Sie werden es nicht verstehen. Ich erzähle es trotzdem.

Meinen Vater erwische ich gerade noch, bevor er zu seiner täglichen Tour über die Dörfer aufbricht. Die Landwirtschaft hat er aufgegeben, das Land verpachtet, er ist jetzt Versicherungsvertreter und Gemeindedirektor, Vorsitzender vom Gesangverein.

»So«, sagt mein Vater. »Klassensprecher. Auch das noch. Du verzettelst dich, Robert. Klassensprecher. Schülerzeitung.

Tischtennis. Lauter Nebensachen. Wichtig sind die Noten, Junge. Das allein zählt. Für Nebensachen zahlt dir später im Leben keiner was. Streng dich an. Noch mal Sitzenbleiben, das will ich nicht erleben.«

Immer wieder das. Er traut mir nichts mehr zu, denke ich, schlucke die Enttäuschung runter, sehe ihm nach, wie er aus der Tür geht, und setze mich auf meinen Platz am Küchentisch. Von draußen kommen die vertrauten Geräusche. Der Motor des VW Käfers. Wie immer mit zu viel Gas im Rückwärtsgang aus der Garage. Dann rollt das Auto über den Hof, das Motorengeräusch wird leiser und wird schließlich von den aufgehäuften Schneebergen verschluckt.

»Klassensprecher?«, sagt meine Mutter und stellt den Teller mit aufgewärmtem Eintopf vor mich hin. »Da hast du noch eine Verantwortung. Vati hat recht. Lad dir nicht zu viel auf, Robert.«

»Ich schaff das schon«, sage ich, beuge mich über den Teller und esse.

Eine halbe Stunde später schnalle ich mir die Skier unter die Füße und ziehe los. Nur weg. Warum verstehen mich meine Eltern nicht? Warum trauen sie mir nichts mehr zu? Bin ich für immer ein Versager?

Einen Moment lang überlege ich, ob ich bei Albert oder Fritz vorbeigehen soll. Vielleicht kommen sie mit. Aber nachdem ich die Bindung geschlossen und mich aufgerichtet habe, weiß ich, dass ich jetzt am liebsten allein sein möchte. Dieses neue Gefühl, diese Freude, die immer noch in mir steckt, will ich mir nicht noch mehr zerreden lassen. Albert jedenfalls würde mich auch nicht verstehen.

Ich schwinge mich vom Hof, gleite in der Spur, die das Auto

meines Vaters hinterlassen hat, stakse die enge Gasse hinauf. Die Spitzen der Holzzäune schauen aus den aufgeworfenen hohen Schneebergen links und rechts wie neugierige Maulwürfe aus ihren Erdlöchern. Die Nachbarhäuser ducken sich unter der Schneelast. Scharfkantige Eisnasen hängen von den Dachrinnen herunter. Die Geräusche – Hundebellen, Hämmern, Fluchen von Meckels Hof – alles ist heute gedämpft und erscheint irgendwie unwirklich.

Kein Mensch begegnet mir, und als ich hinter dem Dorf durch den Hohlweg auf den Wald zugleite, kommt die Sonne hinter den Wolken hervor. Unter den Bäumen empfängt mich eine atemberaubende Winterwelt. Das Astwerk der Sträucher und Bäume hat sich in ein filigranes, glitzerndes Kunstwerk verwandelt. Die unberührte Schneedecke, die jeden Schmutzfleck verhüllt, lässt alles neu erscheinen.

Ich atme tief die frische Schneeluft ein und fühle mich so leicht wie noch nie. Vor fünf Jahren, fällt mir ein, bin ich auch durch diesen Wald gelaufen. Schmuddelwetter war damals, alles grau und neblig. Habe ich damals wirklich daran gedacht aufzugeben, mein Leben wegzuwerfen? Nach der verpatzten Aufnahmeprüfung zum Gymnasium habe ich die kalte Abweisung der Stadtlehrer zu spüren bekommen, den tiefsitzenden Stachel: aussortiert, zur Seite geschoben, nicht geeignet zum Mittun in dieser Welt.

Ab heute ist das vorbei. Spätestens ab heute geht das Leben für mich weiter.

Damals wollte ich nie wieder eine Stadtschule betreten. Mit Widerwillen und tausend Ängsten habe ich meinem Vater gehorcht und mich ein Jahr später auf die Aufnahmeprüfung zur Realschule eingelassen. Ich habe mich eingeigelt, fünf

Jahre lang. Jeden Morgen bin ich mit Beklemmung in den Bus gestiegen. Da draußen war Feindesland, mit kaum jemandem habe ich geredet, habe mich klein gemacht, bin in Deckung gegangen. Bin sitzengeblieben. Was für eine Schmach. Vorbei. Ab heute ist das vorbei. Endgültig. Vom »Ernst des Lebens« will ich mich nicht mehr unterkriegen lassen. Wer hat den eigentlich erfunden? Es gibt eine Menge Schönes auf der Welt. Man muss es nur erkennen. Freunde wie Jonas zum Beispiel. Wir sind zusammen sitzengeblieben, haben was durchgemacht zusammen. Immer wieder hat Jonas es geschafft, den »Ernst des Lebens« wegzulachen, keine Ahnung, wie er das fertigbringt. Und was für ein Glück, dass ich Tilla Thorwald getroffen habe, dass wir die Schülerzeitung machen, dass Britta ...

Aber ein Abschied ist es auch, eine Trennung von zu Hause, von meinem Dorf. Bin ich undankbar? Meine Eltern haben es gut gemeint. Sie haben für mich und meine Geschwister gesorgt, so gut es ihnen möglich war. Warum kann ich nicht damit zufrieden sein? Warum muss ich aus der Rolle fallen? Warum finde ich gerade solche Menschen interessant, zu denen meine Eltern Abstand halten würden?

Sechzehn Jahre lang war mein Vater Soldat, zwölf Jahre in Hitlers Wehrmacht. Die Pflicht erfüllen, das war sein Leben. Die Pflicht erfüllen für eine Verbrecherbande.

Wir sind fürchterlich betrogen worden, entschuldigt er sich. Aber seinen Kindern bringt er bei: *Tut immer, was eure Lehrer, was eure Vorgesetzten sagen. Die wissen es besser. Als kleines Rädchen im Getriebe kann man die Weltgeschichte nicht ändern. Seht zu, dass ihr gut macht, was man euch aufträgt, dann findet ihr euren Platz im Leben.*

Tilla Thorwald würde er für verrückt erklären, wenn er gesehen hätte, wie sie nach Eintreffen der ersten Exemplare von *Punktum* voll überbordender Begeisterung das Paket aufgerissen und die Hefte mit wildem Schrei in die Klasse geworfen hat.

Aber dieser Schrei war es, der etwas in mir geweckt hat. Etwas, das tief in mir war, eine heiße Freude, eine Lust zu leben, mitzutun, dabei zu sein, auf der richtigen Seite zu stehen ...

Langsam schiebe ich mich weiter, gleite durch den Winterwald, durch den unberührten Schnee, durch Sonnen- und Schattenflecken und spüre es kaum, wenn der Schneestaub von den Ästen in meinen Nacken rieselt. Wie nie zuvor fühle ich mich einverstanden mit meinem Auf-der-Welt-Sein.

Es ist schon dunkel, als ich nach Hause komme. Ich schnalle die Skier ab, klopfe den Schnee von der Hose, und als ich mich in der Waschküche von den klobigen Skischuhen befreie, steht meine Mutter vor mir und sieht mich milde lächelnd an.

»Robert«, sagt sie. »Es hat jemand angerufen. Ein Mädchen.«

»Wer?«

»Den Namen habe ich nicht verstanden. Aber sie hat mir ihre Telefonnummer gegeben. Du sollst zurückrufen. Hier.«

Auf den Rand der Zeitung hat sie mit Bleistift die Nummer geschrieben und den Schnipsel abgerissen. Es ist Brittas Nummer.

Strumpfsockig gehe ich in das Büro meines Vaters, schließe vorsichtshalber hinter mir ab und setze mich in den Polstersessel vor dem schweren Eichenholzschreibtisch. Ich nehme den Hörer von der Gabel, drehe die schwarze Wählscheibe.

Vier-, fünfmal Tuten, dann wird abgenommen.

»Petersen«, sagt eine Frauenstimme.

»Hier ist Robert Hoffmann. Ich glaube, Britta hat angerufen. Ich wollte ...«

»Ach du, Robert!«, sagt Frau Petersen. »Schön, dass du anrufst. Warte, ich hole Britta.«

Der Hörer wird abgelegt. Noch nie hat Britta mich angerufen. Was will sie? Hat sie gehört, dass sie mich zum Klassensprecher gewählt haben? Will sie mir gratulieren? Ist es wegen der Schülerzeitung?

»Robert?«

»Hey«, sage ich. »Hey Britta.«

Wie Gratulieren klingt ihre Stimme nicht. »Hör mal, Robert«, sagt sie. »Ich war heute Nachmittag im Krankenhaus. Und weißt du, wen ich da getroffen habe?«

»Nein.«

»Jonas.«

»Jonas? Was macht der denn im Krankenhaus?«

»Es ist was mit seiner Mutter. Genaues wollte er mir nicht sagen. Aber er war ziemlich durcheinander. Er hat geheult.«

»Jonas? Geheult?«

»Wenn ich das richtig sehe, dann braucht er jetzt einen Freund. Du bist doch sein Freund, oder?«

»Ja. Klar.«

»Ruf ihn an, Robert. Jetzt gleich. Kann sein, er sitzt zu Hause rum und ist ganz allein. Weißt du, ob er noch Verwandte hat in der Stadt? Sein Vater ist tot, hat er mir erzählt.«

»Es gibt einen Onkel«, sage ich. »Aber den kann er nicht ab. Seine Mutter ... also, ich glaube, seine Mutter, die ist ganz wichtig für ihn. Meinst du, sie ist schlimm krank?«

Britta sagt eine Weile nichts, offenbar sucht sie nach Worten. »Ich weiß nicht, ob es stimmt. Jonas war ziemlich durch den Wind. Aber möglich ist, dass sich seine Mutter was antun wollte.«

Kalter Schreck fährt mir in die Glieder.

»O Mann!«, stöhne ich.

»Du hast gesagt, er ist euer Klassenclown.«

»Ja schon. Aber nicht nur. Und das heißt auch nicht, dass er ... Also, was mach ich jetzt? Um diese Zeit fährt kein Bus mehr in die Stadt.«

»Ruf ihn an. Das hilft vielleicht schon. Und wenn er morgen nicht in der Schule ist, dann gehen wir zusammen zu ihm, ja?«

»Das würdest du machen? Danke, du.«

»Bis morgen, Robert.«

»Bis morgen, ja ...«

Eine Weile sitze ich noch am Schreibtisch, die Ellbogen aufgestützt, und starre das schwarze Telefon an. Mensch, Jonas. Natürlich bin ich dein Freund. Hätte ich mich mehr um ihn kümmern müssen, nachdem der Nachtjäger ihn fertiggemacht hat? Mein gutes Gefühl hat plötzlich einen Kratzer bekommen.

Endlich krame ich das große Telefonbuch aus dem Regal und suche die Nummer von Marianne Köster, Stresemannstraße. Ich wähle und höre zu, wie es am anderen Ende klingelt und klingelt. Niemand nimmt ab. Ich lege auf und rufe im Städtischen Krankenhaus an, werde hin und her verbunden, bis eine ungeduldige Stimme bereit ist, mich anzuhören. Ob eine Frau Köster eingeliefert worden ist und wie es ihr geht?

Frau Köster sei hier im Krankenhaus, aber weitere Auskünfte dürfe sie nicht geben.

»Kann ich Jonas Köster sprechen, den Sohn? Er ist wahrscheinlich bei ihr.«

»Also gut, ich schicke jemanden, der nach ihm sucht. Aber das kann dauern. Hab Geduld.«

Nach gut zehn Minuten Wartezeit sagt die gehetzte Stimme: »Nicht aufzufinden. Tut mir leid.«

Dann ist nur noch Tuten in der Leitung.

JONAS

Bis zum Ende des Gangs sind es vierunddreißig Schritte hin und vierunddreißig zurück. Vor der Schiebetür mit der dicken Milchglasscheibe bleibe ich jedes Mal stehen, lese jedes Mal wieder die fett gedruckten Buchstaben auf dem Pappschild: **Notaufnahme. Zutritt verboten**, versuche vergeblich, die Stimmen hinter der Tür zu verstehen. Ich soll warten, haben die Krankenschwestern gesagt, sie werden mir Bescheid geben, wenn ich zu ihr kann.

Es riecht nach Desinfektionsmitteln. Die Stimmen hinter der Milchglasscheibe können alles bedeuten oder nichts. Ein kaltes Etwas lauert unter den Gerüchen und Geräuschen. Warum tut meine Mutter das? Zum zweiten Mal hat sie versucht, sich das Leben zu nehmen. Und wahrscheinlich bin diesmal ich schuld daran. Warum musste ich diese saublöde Sache mit dem Nachtjäger bei ihr abladen? Viel zu spät habe ich kapiert, dass sie wieder ihre depressive Phase hatte.

Sie hat mir wie immer das Essen auf den Tisch gestellt, dann hat sie sich in ihr Zimmer, in ihr Bett verkrochen. Wieder mal Migräne, habe ich gedacht. Da ist es am besten, man lässt sie in Ruhe. Bin zum Supermarkt, einkaufen. Als ich wiederkam, war alles so still. Anders still als sonst. Ich bin in ihr

Zimmer. Das leere Tablettenröllchen auf dem Nachttisch. Panik. Totale Panik. Bis der Notarzt kam, habe ich sie geschüttelt und auf sie eingeredet. »Lass mich, lass ...«, hat sie gewimmert, fast schon wie aus der anderen Welt. Die Routine vom Notarzt und seinen Helfern, das war dann irgendwie beruhigend für mich. Die Leute wussten, was sie tun mussten. Im Krankenwagen haben sie mich nicht zu meiner Mutter gelassen. Zwischen einem Langhaarigen und einem Igelköpfigen musste ich auf der Fahrerbank sitzen. Der Igelköpfige hat mir den Puls gefühlt und mir was zur Beruhigung gegeben.

Im Krankenhaus haben sie mir dann gesagt, dass ich vor der Notaufnahme warten muss. »Ein Stockwerk höher. Schaffst du's allein?«

»Na klar«, habe ich gesagt. Aber dann habe ich mich verlaufen, und als ich auf einmal in der Eingangshalle zwischen vielen Besuchern stand, überkam mich plötzlich wieder Herzrasen. Was soll ich denn machen ohne meine Mutter? Ohne dass ich es richtig merkte, kamen mir die Tränen. Und ausgerechnet da stand auf einmal – wie eine Erscheinung – Britta Petersen vor mir. Keine Ahnung, was ich ihr alles erzählt habe, viel zu viel wahrscheinlich, und dazu eine Menge, was sie nichts angeht, ich kenne sie ja kaum. Aber in dem Moment musste ich einfach alles abladen. Das ist eine absolute Schwäche von mir.

Vierunddreißig Schritte hin, vierunddreißig zurück. Die Schiebetür bleibt geschlossen, das Stimmengewirr unverändert. **Zutritt verboten.** Hinter dieser Tür entscheidet es sich: Leben oder Tod.

Plötzlich höre ich aus einem Gang irgendwo im Labyrinth der Klink eine andere Stimme. Laut und selbstherrlich. Eine

Stimme, die ich gut kenne. Viel zu gut. Überall, wo Onkel Eduard auftaucht, steht er im Mittelpunkt. Vermutlich trabt der Chefarzt mit wehendem Kittel neben ihm her und erklärt dem verehrten Herrn Bankdirektor und Spitze der Gesellschaft alle Einzelheiten des Befindens meiner Mutter, seiner Schwägerin. Und neben Onkel Eduard stolziert wahrscheinlich mit schaukelndem Hut und spitzer Nase im Puppengesicht – Tante Edeltraud. Die städtischen Buschtrommeln funktionieren. Offenbar hat ihn jemand vom Krankenhaus sofort informiert.

Das halte ich nicht aus. Ich will sie nicht sehen. Das ist mir jetzt zu viel. Nichts wie weg. Ich renne eine Treppe hoch, noch eine, und erst als ich glaube, aus der Reichweite der beiden Kotzbrocken zu sein, höre ich zu laufen auf. Hoffentlich lassen sie die nicht zu meiner Mutter vor.

Innere Medizin steht am Anfang des langen Gangs hier oben. Zwei Schwestern in weißen Kitteln und mit Rot-Kreuz-Hauben kommen mir in eiligem Schritt entgegen, sind schon fast vorbei, da bleiben sie stehen und die korpulente, die energisch und streng aussieht, packt mich am Ellbogen und sagt: »Wohin, junger Mann? Können wir helfen?«

Ich ziehe die Schultern hoch, sage vorsichtshalber nichts.

Die zweite Krankenschwester, eine schlanke, schwarzhaarige, mustert mich von oben bis unten und murmelt etwas vor sich hin, was ich nicht verstehe. Die Strenge schüttelt missbilligend den Kopf und sieht auf ihre Armbanduhr. »Die Besuchszeit ist in einer halben Stunde zu Ende. Der Aufenthaltsraum ist hinten rechts.«

Sie zeigt den Gang hinunter, dreht sich um und marschiert davon. Die andere schenkt mir noch ein Lächeln und läuft dann hinter ihrer Kollegin her.

Der Aufenthaltsraum ist die reinste Räucherkammer. Um einen runden Tisch sitzen drei alte Männer in Morgenmänteln, spielen Skat und rauchen. Einer Pfeife, ein anderer Zigaretten. Am Tisch daneben blättern zwei Frauen in Illustrierten.

Vom Aufenthaltsraum führt eine Glastür auf einen Balkon. Ich drücke auf die Klinke und zu meiner Überraschung lässt sich die Tür öffnen. Frische Schneeluft weht mir entgegen und ich atme tief ein. Auf dem Balkon ist eine Spur in den Schnee getreten, die zu einem großen Standaschenbecher führt. Wahrscheinlich rauchen hier die Schwestern und Krankenpfleger mit den Patienten um die Wette.

Ich wische eine Lücke in die Schneehaube auf dem Balkongeländer und sehe dem weißen Staub nach, wie er in die Tiefe rieselt. Unten im Hof rangiert ein Krankenwagen zwischen den aufgeworfenen Schneebergen und fährt schließlich mit Blaulicht, aber ohne Sirene davon.

Schätzungsweise zehn Meter hoch ist der Balkon. Ob das ausreichen würde? Quatsch. In den Schneebergen würde ich weich fallen. Und hier im Krankenhaus würden sie mich sofort retten. Die meisten Selbstmörder, habe ich irgendwo gelesen, wollen sich gar nicht umbringen. Sie wollen nur Aufmerksamkeit. Meine Mutter vielleicht auch. Sie rackert sich ab. Ist immer für mich da. Für sich selber nimmt sie sich kaum mal Zeit. Vielleicht müsste ich ihr mehr Dankbarkeit zeigen? Aber wie?

»Du bist doch der Jonas Köster, nicht?«

Ich drehe mich um. In der Balkontür steht die Krankenschwester, die schlanke, schwarzhaarige, die mir vorhin zugelächelt hat.

Ich nicke. Wo habe ich sie schon mal gesehen? Ich komme nicht drauf.

»Du kennst mich nicht mehr«, sagt sie. »Aber ich habe dich schon gewickelt und im Kinderwagen spazieren gefahren. Stresemannstraße 38. Wir haben mal über euch gewohnt. Küppers. Annette Küppers. Ich war manchmal deine Babysitterin, wenn deine Eltern ausgegangen sind. Bin schon lange ausgezogen. Vor einem Jahr war ich mal wieder in eurem Haus. Wir sind uns auf der Treppe begegnet. Du hast es eilig gehabt. Groß bist du geworden!«

Sie lacht so entwaffnend, dass ich zurücklachen muss.

»Wie geht es deiner Mutter?«, fragt Annette Küppers.

»Schlecht«, sage ich und weiche ihrem Blick aus.

»Oh«, sagt die Krankenschwester und das Lachen verschwindet aus ihrem Gesicht. »Was hat sie denn?«

Ich zögere. »Sie ... sie liegt unten. Notaufnahme. Sie ... sie wollte nicht mehr ... Tabletten ...«

Mit langsamen Schritten kommt sie auf mich zu und legt mir die Hand auf die Schulter.

»Schon zum zweiten Mal«, flüstere ich.

Sie umarmt mich, drückt mich stumm an sich und streicht mir über meinen Rücken. Sie riecht nach Lavendel. Gar nicht wie Krankenhaus. Ich bin verwirrt. Sie ist höchstens zehn Jahre älter als ich.

Vorsichtig löse ich mich aus ihrer Umarmung.

»Warum bist du hier oben?«, fragt sie. »Wenn deine Mutter unten in der Notaufnahme ist?«

Ich spüre, dass ich ihr alles sagen kann. »Mein Onkel. Mein Onkel und meine Tante sind gekommen. Denen wollte ich nicht begegnen. Da bin ich abgehauen.«

»Warum?«

»Die kapieren nichts.«

»So schlimm?«

»Noch schlimmer«, sage ich. »Könntest du nicht mal ... also, könnten Sie nicht mal nachsehen, ob die noch da sind?«

»Bleib ruhig beim Du«, sagt Annette Küppers. »Wo wir uns doch schon so lange kennen.«

»Kannst du mal nachsehen?«

»Na gut«, sagt Annette Küppers. »Aber du musst reingehen. Hier draußen ist es viel zu kalt.«

Als wir nebeneinander den Aufenthaltsraum betreten, schauen die beiden Frauen von ihren Illustrierten auf und starren mich an. Auch die Skatspieler in ihrer Rauchglocke recken die Hälse.

»Setz dich hierhin«, sagt Annette Küppers. »Bin gleich wieder da.«

Ich lasse mich auf das rot karierte Sofa fallen. Den Kopf zurückgelehnt sehe ich auf das Bild an der gegenüberliegenden Wand.

»Was ist denn passiert, Jungchen?«, fragt eine der beiden Illustrierten-Frauen.

»Nichts«, sage ich, ohne mich zu rühren. »Überhaupt nichts.«

»Na, na, man wird doch mal fragen dürfen«, beschwert sie sich.

»Das ist die Jugend von heute«, klagt die andere Frau.

»Achtzehn, zwanzig, zwo, null, vier«, kommt es vom Skattisch.

Am liebsten würde ich aufstehen und rausgehen. Aber das Bild. Ich kenne es. Wir haben im Kunstunterricht darüber gesprochen. Die Giesecke mit ihrem Enthusiasmus für alles Französische hat sich kaum eingekriegt vor Begeisterung über dieses Bild. Claude Monet, *Die Mohnblumen*. Rote Mohnblumen in ein grünes Wiesenmeer getupft, eine Baumreihe, die den Horizont begrenzt, ein Haus mit rotem Dach, darüber viel Himmel. Am Rand der roten Mohnblumenpracht, halb versunken im Gras: eine Frau mit gelbem Hut und Sonnenschirm, daneben ein kleiner Junge. Man sieht die beiden zweimal, einmal im Bildvordergrund und noch einmal, weiter oben, auf der Kuppe des sanften Hügels hinter den roten Blumen. Die Frau des Malers und ihr Sohn, hat die Giesecke erklärt. Der Maler ist abwesend.

»Du musst bedienen, Karl«, sagt einer der Skatspieler.

»Herz bedienen.«

»Ich habe kein Herz!«, sagt der andere triumphierend.

»Das sieht dir ähnlich!«, sagt der dritte und alle lachen.

Wenn Annette Küppers meine Babysitterin war, fällt mir plötzlich ein, dann hat sie meinen Vater noch gekannt. Dann weiß sie mehr als ich. Ich muss sie danach fragen.

»Ohne Dreien, Spiel vier, mal Herz, gewonnen, vierzig. Wer gibt?«

Ich versuche wegzuhören und flüchte mich wieder in das Mohnblumenfeld. So viel Frieden steckt in dem Bild. Das braucht mir keine Giesecke oder sonst jemand zu sagen. Das sehe ich selber.

Annette Küppers lässt auf sich warten. Als sie nach einer halben Stunde endlich kommt, muss ich mich beinahe gewaltsam von dem Bild lösen.

»Du kannst jetzt kommen«, sagt die Krankenschwester. »Gefahr vorbei. Sie sind soeben abgedampft. Und deine Mutter ist jetzt auf Station A, Zimmer 7. Schwester Erika ist bei ihr. Da ist sie in guten Händen. Ich habe ihr gesagt, dass du kommst.«

Am liebsten würde ich sie noch einmal umarmen, egal, was die Leute sagen. Aber ich bringe nur ein »Danke« raus und wir kommen nicht mal dazu, uns die Hände zu geben. Hinter Annette steht die andere, die strenge Krankenschwester und ruft: »Schwester Annette, wo bleiben Sie denn? Wir haben Sie überall gesucht!«

»Alles Gute!«, flüstert mir Annette zu. Bevor ich antworten kann, ist sie verschwunden.

Zimmer 7 ist abgedunkelt, nur eine Nachttischlampe streut spärliches Licht. Im Bett unter einer dünnen weißen Decke liegt meine Mutter. Die Linien ihres schmalen Körpers werfen Schattenfalten.

Auf einem Hocker neben ihrem Bett sitzt eine breitschultrige Matrone mit funkelnden Augen, der man schon von Weitem ansieht, dass man ihr besser nicht widerspricht.

»Schauen Sie mal, Frau Köster«, sagt Schwester Erika. »Schauen Sie, da kommt ihr lieber Sohn!«

Meine Mutter reagiert nicht. Erst als ich vor ihr stehe, öffnet sie blinzelnd die Augen, kraust die Stirn, sieht mich an, aber ich weiß nicht, ob sie mich erkennt.

»He Mama«, sage ich.

»Ach du«, haucht sie.

Ich setze mich auf die Bettkante, beuge mich zu ihr runter und küsse sie auf die Stirn. Jetzt bloß kein falsches Wort, denke ich.

Wir schweigen.

»Schauen Sie nur«, sagt Schwester Erika.

Aber Mutter schließt die Augen.

Vielleicht ist sie enttäuscht, denke ich. Dass sie es wieder nicht geschafft hat. Dass sie mich wiedersehen muss. Dass alles von vorn losgeht.

Nach einer Weile aber zieht meine Mutter einen Arm unter der Bettdecke hervor, blinzelt, als müssten sich ihre Augen an das Licht gewöhnen, und tastet nach meinem Gesicht. Sie streichelt meine Wange. Sie betastet mich, als müsse sie von Neuem begreifen, dass es mich gibt.

»Warum kommst du erst jetzt?«, fragt sie mit schwacher Stimme. »Der Dicke war vor dir da.«

»Ich weiß«, flüstere ich. »Den wollte ich nicht treffen.«

Eine Spur von Lächeln, eine Spur von Einverständnis, vielleicht sogar Verschwörung fliegt über ihr Gesicht.

»Na sehen Sie, Frau Köster«, sagt Schwester Erika. »Alles wird gut.«

Wieder schweigen wir. Schließlich wage ich zu fragen:

»Entschuldigung. Wäre es wohl möglich ... ich meine, könnten Sie uns wohl eine Weile allein lassen?«

Schwester Erika zieht die Augenbrauen hoch und sieht mich prüfend an. »Hm, hm«, murmelt sie vor sich hin. Dann richtet sie einen strengen Blick auf Mutter und sagt im Lehrerinnenton: »Und wir machen keinen Unsinn?«

»Bestimmt nicht«, sage ich.

»Na schön.« Sie zeigt auf das Wasserglas auf dem Nachttisch. »Gib ihr zu trinken. Sie muss viel trinken. Dr. Peukert kommt nachher noch mal gucken.«

Sie tätschelt mir die Schulter. »Guter Junge«, sagt sie. »Du machst das schon. Alles wird gut.« Und rauscht aus dem Zimmer.

Allein mit Mutter weiß ich trotzdem nicht weiter. Ich müsste ihr was sagen können, was sie aus ihrem tiefen Loch holt. Aber was? Aber wie?

Ihr Blick wandert unruhig über die Zimmerdecke. Vielleicht sucht auch sie nach Worten und nichts fällt ihr ein.

Ich greife nach ihrer Hand und drücke sie.

Endlich sieht sie mir in die Augen. Lächelt verlegen.

»Ich tu's nicht wieder«, flüstert sie. »Das verspreche ich dir.«

Ich nicke. »Wir schaffen das«, sage ich. »Ganz bestimmt. Das mit der Schule, das kriege ich schon hin. Und wenn ich erst mal Geld verdiene, dann musst du nicht mehr putzen gehen. Dann kann uns der Dicke den Buckel runterrutschen.«

»Jonas. Mein Junge«, seufzt Mutter. »Dein Vater wäre stolz auf dich.«

Mein Vater. Sie vermisst ihn so sehr. Ich kann ihn ihr nicht ersetzen. Er wollte nicht sein wie sein Bruder, wie Onkel Eduard, der sich den Mächtigen angepasst hat, damit er selbst Macht ausüben konnte. Mein Vater, der Aufrechte, der Ohnmächtige.

Muss ich so sein wie mein Vater? Ob er stolz auf mich wäre? Weiß nicht. Ich weiß nur, dass ich mit meiner Mutter darüber nicht reden kann. Jetzt schon gar nicht.

Wir richten uns ein mit solchen Schwester-Erika-Sätzen:

Alles wird gut.

Ich tu's nicht wieder.

Wir schaffen das.

Die Zeit wird es richten.

Lauter ehrliche Lügen. Aber wir glauben sie. Wir wollen sie glauben. Also sind sie die Wahrheit für diesen Moment.

»Komm her«, sagt Mutter.

Ich beuge mich zu ihr hinunter und sie küsst mich auf die Wange. Ich streife meine Schuhe von den Füßen und lege mich zu ihr ins Bett. Wir umarmen uns. Sie heult. Vielleicht ist das ein gutes Zeichen.

Dann liegen wir nebeneinander und halten uns an den Händen. Nach einer Weile höre ich ihren regelmäßigen Atem. Sie ist eingeschlafen.

An der Zimmerdecke wachsen die Mohnblumen. Wir gehen durch das hohe Gras. Über uns der weite Himmel und am Horizont das Haus mit dem roten Dach.

BRITTA

Mit Kathi, die neben mir sitzt, schreibe ich Briefchen unter dem Tisch. Gefahr besteht nicht. Mathelehrer Helmbrecht, mit dem Rücken zur Klasse, turnt vor der Tafel herum, berauscht sich an seinen komplizierten Erklärungen zum Logarithmus und hat keinen Blick und kein Gehör für das, was in den Niederungen der Schülerwelt vor sich geht.

J. B. steht auf dich. Er wünscht sich sieben Kinder, schreibt Kathi auf ein herausgerissenes Blatt aus ihrem Matheheft.

Ich will aber zehn. Und alles Jungen ohne Scheitel wie J. B., schreibe ich zurück.

Kathi: *Pilzköpfe? Wie die Beatles?*

Ich: *Yeah!*

Kathi: *J. B. ist ganz down, weil du nicht zu seiner Party kommst. Ist es wegen deinem R.?*

Ich: *Er ist nicht mein R.!!!*

Kathi: *Aber du bist seine B.! Gib zu, dass ihr ineinander verknallt seid! Wenn R. dich nur sieht, kriegt er rote Ohren!*

Ich: *Das liegt in seiner Familie.*

Kathi: *Haha.*

Mathe ist nicht gerade mein Lieblingsfach, deshalb müsste ich eigentlich aufpassen. Aber ich weiß, dass ich auf Kathi zählen kann. Sie kapiert die schwierigsten mathematischen Zusammenhänge, auch dann, wenn sie dem Helmbrecht gar nicht richtig zuhört. Und sie kann es ratzfatz erklären, sodass selbst ich es verstehe. Wir blödeln bis zum Klingeln über *Wer mit wem*, Kathis Lieblingsthema.

Schneeballwerfen auf dem Schulhof ist verboten, seit einem kleinen Brillenmädchen aus der Fünften ein Eisball das Auge verletzt hat. Trotzdem fliegen heute vereinzelt Schneebälle. Einer trifft den Aufsicht führenden Dr. Freytag im Rücken. Er dreht sich um, kann aber den Werfer nicht ausmachen. Resigniert schüttelt er den Kopf und zieht den Hut tiefer in die Stirn. Mit auf dem Rücken verschränkten Händen geht er weiter, reckt den Kopf, als wolle er dem feigen Werfer zum Trotz seinen aufrechten Gang demonstrieren. Hinter ihm feixen drei Jungen aus unserer Klasse, unter ihnen J. B., Jörg Buschmann, Kathis Vetter, und brüsten sich ihrer Heldentat.

Dr. Erwin Freytag gehört zu den Lehrern, die mich interessieren. Er ist – wie Tilla Thorwald – einer von denen, die anders sind, die in kein Muster passen. Etwas leicht Verletzliches ist an ihm und es gibt mir jedes Mal einen Stich, wenn ich sehe, wie sie mit ihm umspringen. Jeder weiß, wie leicht erregbar er ist – und fast alle nutzen das aus.

Es ist eins von den Dingen, an die ich mich immer noch nicht gewöhnt habe, hier an dieser Schule. Ich gehöre längst dazu, glaube ich jedenfalls. Sie sind ein wilder Haufen hier und die meisten sind ja nicht verkehrt. Es hat mir gutgetan, so viele neue Freiheiten zu haben. Aber immer wieder gibt es so Momente, in denen mir ihre Zügellosigkeit rücksichtslos und fremd vorkommt.

Vor zweieinhalb Jahren, gerade noch kurz vor dem Mauerbau, sind wir aus Stralsund hierher gezogen. Meine Eltern haben gesagt, sie bräuchten »Luft zum Atmen«, sie wollten nicht länger bespitzelt und bevormundet werden.

Im Westen wohnt der Klassenfeind, haben sie uns drüben in Stralsund erzählt, bei den Jungen Pionieren und überall. *Im Westen regieren die Ellbogen, da bestimmt die Raffgier, da herrscht Egoismus. Im Westen haben die alten Faschisten und die kalten Krieger das Sagen, und wenn wir nicht aufpassen, dann werden sie uns überrollen.*

Solche Parolen eben. Aber Robert zum Beispiel ist doch kein Klassenfeind, auch kein Ellbogenmensch. Und Kathi auch nicht, die hilfsbereit ist wie kaum jemand. Überhaupt wüsste ich hier keinen, der morgen losziehen wollte, um die DDR zu überfallen.

An der Grenze schießen sie Menschen tot, die aus der DDR fliehen, die einfach nur wie wir woanders leben wollen. Es ist ein Trauerspiel, sagt mein Vater. Wenn die DDR der bessere Staat ist, wie sie dort sagen, warum laufen ihm dann die Menschen weg?

Vom Grübeln kriegt man graue Haare und verpasst das Leben, sagt meine Mutter. Solche Sprüche hat sie von ihren Eltern. Großvater Henrik war Kapitän und hat die Welt gesehen. Eine schwache Erinnerung habe ich auch noch an ihn. Er roch nach Kautabak und Franzbranntwein, mit dem er sich täglich eingerieben hat. Einmal hat er mir seine blaue Kapitänsmütze auf den Kopf gesetzt und gesagt: *Hinter dem Horizont, Mädchen, da gibt es Dinge, die sich die kleine Britta in ihrer Puppenstube nicht ausdenken kann.* Opa Henrik ist in unserer Familie so etwas wie ein Leuchtturm für Stolz und gute Gefühle. Wenn mich die Erinnerung nicht täuscht, sah er ein bisschen aus wie Dr. Freytag. Aber Jörg Buschmann und seinem Anhang hätte er eine Breitseite verpasst. Denke ich. Wünsche ich mir.

Ich stecke den letzten Bissen meines Pausenbrots in den Mund und gehe zu den anderen auf dem Schulhof hinüber. Robert steht mit Reni Horn aus seiner Klasse zusammen, und wie es aussieht, sind sie in ein hitziges Gespräch vertieft. Tatsächlich, rote Ohren hat Robert. Wegen Reni Horn? Ach wo, es ist ja ziemlich kalt.

Wenn man Reni Horn mit einem Musikinstrument vergleichen wollte, dann wäre sie eine Trompete. Meistens vornweg, immer laut und raumfüllend, andere haben es schwer, gegen sie anzukommen.

» ... so sensibel, das glaubt man gar nicht«, sagt Reni. »Und du bist jetzt Klassensprecher, Robert. Du musst dem Nachtjäger sagen, was er angerichtet hat, echt, das musst du!«

Robert sieht ratlos aus. »He Britta«, sagt er. »Gut, dass du da bist. Du weißt auch nicht, was mit Jonas ist?«

»Nein«, sage ich. »Wie sollte ich?«

»Er ist heute nicht zur Schule gekommen«, sagt Robert. »Am Telefon gestern habe ich ihn nicht erreicht. Nicht zu Hause und nicht im Krankenhaus. Wir müssen was tun.«

»Natürlich müssen wir was tun!«, trompetet Reni Horn.

»Wir haben doch darüber geredet, Robert«, sage ich. »Wir gehen zu ihm. Nach der Schule. Dann werden wir ja sehen.«

Robert nickt.

»Ich komme mit«, sagt Reni. »Ich will wissen, was mit ihm ist.«

Ich kenne Reni nur vom Schulhof. Hart, aber herzlich. Vielleicht ist sie ganz in Ordnung. Vielleicht macht ihre resolute Art manches einfacher. Trompeten gehören auch zum Orchester.

»Also gut«, sagt Robert. »Gehen wir zu dritt.«

Ich nicke. »Dann treffen wir uns nach der Sechsten hier auf dem Schulhof.«

»Abgemacht«, sagt Reni.

Beim Reingehen werden wir von einer Gruppe Fünft- und Sechstklässler abgefangen. »Robert, Britta, wartet mal! Paulchen hat eine ganz tolle Geschichte geschrieben. Eine Krimigeschichte. Die müsst ihr unbedingt bringen!«

Sie schieben Paulchen vor, einen kleinen, dicken Jungen mit hochrotem Gesicht unter brav gescheitelten blonden Haaren, dem es sichtlich unangenehm ist, in den Mittelpunkt geschoben zu werden.

»Dürfen wir ihn heute mitbringen?«, fragt der kurzsichtige Werner aus der 5 b, der für die erste Ausgabe von *Punktum* ein paar Zeichnungen beigesteuert hat.

»Na klar«, sage ich. »Nachwuchs können wir immer gebrauchen.«

Die Kleinen ziehen ab. Paulchen freut sich. Werner ist stolz, dass er gefragt hat.

»Das macht Spaß, nech?«, sagt Reni Horn zu mir.

»Was?«

»Na, wenn die Kleinen so ankommen und ihr könnt bestimmen. Das macht Spaß, oder?«

»Übrigens«, sagt Robert, als ich schon halb auf der Treppe zu unserem Klassenzimmer bin. »Tilli hat mir vorhin erzählt, dass der Rektor heute zu unserer Redaktionskonferenz kommt. Keine Ahnung, was das bedeutet.«

»Vielleicht will er einen Artikel schreiben«, sage ich.

Robert grinst. »Ob wir dafür noch Platz haben?«
»Bis dann also.«
»Bis dann.«

»Wir fangen an«, sagt Tilla Thorwald, als der Rektor auch nach zehn Minuten nicht gekommen ist. »Robert, du hast das Wort.«
Mir fällt auf, dass Tilli heute seltsam nervös und fahrig ist.
Der Kartenraum in Trakt B dient als Redaktionszimmer unserer Schülerzeitung. Zu zehnt sind wir heute, dazu Tilli natürlich, die uns berät, sich meistens angenehm zurückhält und Rat weiß, wenn wir nicht weiterwissen.
»Ja, also«, sagt Robert und ordnet, umständlich wie immer, die vor ihm liegenden Papiere. »Wir wollen in der nächsten Ausgabe einen Artikel über die Schülermitverwaltung bringen. Johanna wollte den schreiben. Eva wollte was über Schülerlotsen machen und Klaus über die Führerscheinprüfung beim TÜV. Ich habe über das Hallenhandballturnier geschrieben und eine Kurzgeschichte. Britta die Gerichtsreportage. Eine Buchbesprechung von Christel. Irmgard über den Fahrradstand neben der Turnhalle, was Kritisches. Von Angela und Renate die Reportage über Aussiedler, und Norbert aus der 5 c hat ein Faschingsgedicht beigetragen, und natürlich die Humor- und Rätselecke von Doris und Gabi. Und von Paulchen Müller aus der 5 a kommt jetzt noch eine Krimigeschichte. Eine ganz gute Mischung, finde ich ...«
Die schon fertigen Artikel werden eingesammelt und Robert legt sie in seine grüne Mappe. Als wir gerade angefangen haben, über die Umschlaggrafik für die neue Ausgabe zu reden, geht die Tür auf und Rektor Lauenstein kommt herein.

Sofort verändert sich die Atmosphäre im Kartenraum. Die Fünft- und Sechstklässler stehen auf, wie sie es gewohnt sind, wenn ein Lehrer den Klassenraum betritt. Auch durch alle anderen scheint ein Ruck zu gehen. Die Umschlagdiskussion verstummt. Tilla Thorwald rutscht auf ihrem Stuhl hin und her. Alle Blicke fliegen dem Rektor entgegen.

Rektor Lauenstein lächelt. Die Kleinen setzen sich wieder. Der Rektor entschuldigt sein Zuspätkommen – dringende Angelegenheiten, unaufschiebbar – und setzt sich auf den für ihn reservierten Stuhl.

Ich bin froh, dass wir bei ihm keinen Unterricht haben. Nur zweimal war er zu Vertretungsstunden in unserer Klasse. Das hat mir gereicht. In seiner Gegenwart hat man das Gefühl, man wird zu Stein. Da muckt keiner auf. Auch die Mutigsten wagen es nur in seiner Abwesenheit, sich über seinen schnurgeraden Scheitel, die »Läuserennbahn«, und die scharfen Bügelfalten seiner »Hochwasserhosen« lustig zu machen.

Wohlwollend sieht Rektor Lauenstein in die Runde, aber nirgendwo bleibt sein Blick hängen.

»Verehrte Jünger der Schwarzen Kunst«, beginnt er und zelebriert seine Worte wie ein Schauspieler. »Die Schulleitung begrüßt es außerordentlich, dass sich der selbstständige Arbeitskreis Publizistik unter der Leitung von Frau Dr. Thorwald zusammengefunden und, nun ja, auch schon erste Früchte getragen hat. Ihr jungen Mitarbeiter der Schülerzeitung genießt unser volles Vertrauen. Wirtschaftlich und redaktionell seid ihr weitgehend frei. Ich hoffe, ihr erweist euch dieses Geschenkes würdig.«

Mir läuft Gänsehaut über den Rücken. Er redet, als spräche er gar nicht zu uns. Unsere Schülerzeitung – ein »Geschenk«

von ihm? Was hat er vor? Worauf zielt er ab? Ich kann ihm nicht länger in das falsch lächelnde Gesicht sehen und blicke zwischen den aufgehängten Landkarten hindurch zum schmalen Dachfenster hinauf. Dahinter ist ein Stück blauer Himmel und eine Ahnung von Wintersonne, Opa Hendriks Leuchtturm.

»Nun gibt uns das Unternehmen Schülerzeitung an unserer Schule eine gute Gelegenheit, für das Leben zu lernen«, doziert der Rektor.

Ich suche Roberts Blick. Stumm starrt er vor sich hin auf den Tisch. Auch Tilla Thorwald scheint ganz in sich zurückgezogen.

»Realschüler stehen mit beiden Beinen auf der Erde«, sagt der Rektor. »Deshalb ist es wichtig, rechtzeitig zu lernen, wie es im richtigen Leben zugeht, das euch nach der Schulzeit erwartet.«

Nicht nur die Kleinen hängen jetzt an seinen Lippen. Unsere Redaktionskonferenz ist plötzlich eine Rektor-Lauenstein-Schulstunde.

»Eine Zeitung ist ein Unternehmen, das Geld braucht.« Seine Stimme klingt sicher und bestimmt. »Und woher nimmt ein Unternehmen das Geld?« Er blickt in die Runde. Niemand antwortet. Er hat es auch nicht erwartet und gibt sich die Antwort selbst: »Aus Aktien. Anteilscheinen. Auf das Unternehmen Schülerzeitung bezogen heißt das also: Wir geben Aktien aus. Wir gründen eine Aktiengesellschaft!«

»Wer wir?«, fragt Robert.

»Na, die Zeitung«, sagt der Rektor und strahlt über das ganze Gesicht. »Die Schülerzeitung *Punktum*. Wer ist der Geschäftsführer?«

Ratlos sehen sich alle an. »Robert«, sagt Nico aus der 9 c schließlich.

»Nein, nein«, sagt Rektor Lauenstein. »Robert ist nur der Chefredakteur. Ein Angestellter der Zeitung. Ich meine, wer führt die Geschäfte? Wer hat das Finanzielle in der Hand?«

»Christian und Rainer«, sagt Nico. »Die machen das mit den Anzeigen und sammeln das Geld ein, Spenden und so.«

»Also Christian. Christian Witte«, sagt der Rektor. »Du bist der Geschäftsführer. Pass auf: Wir geben fünfhundert Aktien aus. Jede Aktie hat einen Nennwert von einer Mark. Das heißt, eine Mark, eine Stimme. Wer sich beteiligen will, kann eine oder mehrere Aktien kaufen. Dann ist er Aktionär. Einmal im Jahr ist Hauptversammlung. Da hat die Geschäftsführung Bericht zu erstatten über Gewinn und Verlust des Unternehmens. Und der Aufsichtsrat beschließt, ob den Aktionären eine Dividende, ein Anteil am Gewinn, ausgeschüttet werden kann. So wie in einem richtigen Wirtschaftsunternehmen.«

»Und wer soll die Aktien kaufen?«, fragt Robert.

Rektor Lauensteins Dauerlächeln wird noch breiter, als hätte Robert ihm das passende Stichwort geliefert. »Alle Lehrerinnen und Lehrer dieser Schule«, sagt er. »Und alle Schülerinnen und Schüler.«

Tilla Thorwald schüttelt den Kopf. Aber sie schweigt. *Das Wichtigste beim Schreiben*, hat sie uns beigebracht, *ist die Freiheit, ist die Unabhängigkeit. Nur die freie Meinung zählt. Dafür muss man den Kopf hinhalten.*

»Und damit ihr seht, dass ich es ernst meine«, sagt Rektor Lauenstein, greift in sein Jackett, zieht seine Brieftasche heraus und legt drei Hundertmarkscheine vor sich auf den Tisch, »kaufe ich hiermit dreihundert Aktien.«

Der Überraschungscoup ist gelungen. Vielen in der Runde bleibt der Mund offen stehen. Sie starren auf das Geld.

»Das ist das Anfangskapital«, sagt er und schiebt die Geldscheine zu Christian Witte über den Tisch. »Ich bitte, es gut zu verwalten.«

Ich kann nicht länger an mich halten. Da ist es wieder, dieses beklemmende Gefühl. Wenn ich jetzt schweige, ersticke ich. Ich springe auf.

»Das heißt also, wenn Sie die Hand heben, haben Sie 300 Stimmen?«, rufe ich mit viel zu erregter Stimme. »Und weil keiner mehr haben kann, geht alles nach Ihrem Willen? Nach dem Geld ...«

Der Rektor lächelt unverändert. »Genauso ist es, Fräulein Petersen. Genau so. Sie haben das gut verstanden. Genau so. Das ist es, was wir lernen wollen.«

Ich schnappe nach Luft. »Aber das ist ... das ist Diktatur!«, kommt es tief aus mir heraus.

Der Rektor zieht die Augenbrauen hoch. Sein Lächeln verschwindet. Er mustert mich von oben bis unten, als gehe eine schlimme Gefahr von mir aus. Mit veränderter, leise drohender Stimme sagt er: »Sie verwechseln da was, Fräulein Petersen! Sie sind nicht mehr da, wo Sie herkommen. Und wenn Sie hier in der freiheitlich-demokratischen Bundesrepublik leben wollen, dann werden Sie noch viel lernen müssen ...«

Ich weiche einen Schritt zurück. Der Stuhl hinter mir fällt krachend zu Boden. »In der freiheitlich... was?«, rufe ich. »Demokratisch nennen Sie das? Dass ich nicht lache!«

Der Rektor springt auf. Die Augen hinter seiner großen Brille flackern. »Das verbitte ich mir!«, schreit er mich an. »Ich werde mir von Ihnen ... ausgerechnet von Ihnen ...«

Mitten im Satz bricht er ab, atmet tief durch und versucht, sich zu beruhigen. Erschrockene Blicke sind auf ihn, auf mich gerichtet. Er setzt sich wieder, keucht. Mit gepresster Stimme sagt er: »Mit dieser Einstellung, Fräulein Petersen, sind Sie nicht geeignet als Schülerzeitungsredakteurin.«

»Aha!«, sage ich und funkele ihn kampflustig an. »Weil Sie dreihundert Stimmen haben, können Sie das bestimmen? Das ist nichts anderes als Zensur! Jawohl, Zensur!«

Er ist drauf und dran, noch einmal aufzuspringen, beherrscht sich aber im letzten Moment. Er streckt den Arm aus, zeigt zur Tür.

»Unverschämtheit!«, brüllt er. »Raus! Gehen Sie doch zurück in Ihr Arbeiter- und Bauernparadies! In Ihre Stacheldrahtdiktatur!«

Tilla Thorwald schlägt die Hände über dem Kopf zusammen. »Nein!«, ruft sie. »So nicht! So nicht!« Sie kommt auf mich zu, breitet die Arme aus. »Britta!«, ruft sie. »Britta, besinn dich! Unsere Arbeit, unsere schöne Arbeit!«

Ich kneife die Augen zu, öffne sie wieder. Alles liegt hinter einem Tränenschleier. Alles verschwimmt.

»Tut mir leid«, sage ich leise zu Tilli. »Nicht, was ich gesagt habe. Es tut mir leid, weil … ach verdammt!«

Weiter kann ich nicht. Ein Kloß im Hals hindert mich am Sprechen. Ich drehe mich hastig um und renne aus dem Raum.

Warum sagt denn keiner ein Wort? Das Schweigen dröhnt in meinen Ohren. Ich ziehe die Tür hinter mir zu. Mir ist schwindlig. Mit unsicheren Schritten tappe ich über den Flur und taste nach dem Geländer.

RENI

Ich sehe sofort, dass etwas passiert sein muss. Die Petersen stößt die Tür von Trakt B auf, rennt mit wehendem Haar ins Freie und erst auf dem überdachten Betongang, der den quadratischen Schulhof umgibt, geht sie langsam weiter, knetet einen Schneeball und knallt ihn gegen die graubraune Mauer unterhalb der ersten Fenster.

Wieso ist sie allein? Die sechste Stunde, also auch ihre hochwichtige Redaktionskonferenz, ist doch noch längst nicht vorbei. Ich gehe aus der Pausenhalle quer über den Schulhof zu ihr rüber.

»Was'n los?«

Die Petersen sieht mich kaum an, formt den nächsten Schnellball, dreht ihn voll unterdrückter Wut in ihren Händen. »Nichts ist los. Gar nichts.«

Aber klar, das sieht doch jeder: Die Petersen hat geheult. Mir kann sie nichts vormachen.

»Wegen nichts ist man nicht so geladen«, sage ich. »Hast du dich gestritten? Mit Robert?«

»Quatsch.«

»Mit der alten Thorwald?«

Sie holt tief Luft und sieht mich prüfend an. Sie will was

loswerden, garantiert. Und schon sprudelt es aus ihr heraus. Ziemlich durcheinander und mit vor Empörung zitternder Stimme erzählt sie mir von ihrem Zoff im Kartenraum. Echt Wahnsinn, das Ganze.

»Rausgeschmissen hat der dich?«, sage ich. »Is' ja 'n Ding!«

Die Petersen wirft den Schneeball, den sie lange in ihren Händen gedreht hat, über die Schulter, wo er in den aufgeworfenen Schneehaufen ploppt. Den ersten Dampf hat sie abgelassen.

»Und wenn der Rektor die Hand hebt, hat er dreihundert Stimmen?«, sage ich. »Starkes Stück!«

»Das ist wie DDR«, sagt die Petersen. Kein bisschen besser.«

Ach, daher weht der Wind. Ich kenne die Petersen ja nicht richtig. Horst Weinrich behauptet – vielleicht mehr so aus Quatsch – ihre Eltern wären Spione. Wahrscheinlich ist das Unsinn, aber ... irgendwie anders ist die ja schon, irgendwie politisch ...

Über Politik und so redet man besser nicht mit ihr. Die von drüben, hört man, die sind geschult vom Kindergarten an, die buttern einen unter mit Marx und Lenin und so. Ich kenne nur einen, der ihr gewachsen wäre.

»Nun krieg dich mal wieder ein«, sage ich. »Nichts wird so heiß gegessen, wie es gekocht wird. Selbst beim Lauenstein nicht. Der regt sich auch wieder ab. Die Thorwald schwärmt doch von dir. Und von Ritter Robert.«

Na also. Sie lächelt schon wieder.

»Wir müssen jetzt gucken, was mit Jonas ist. Das ist viel wichtiger. Ich mache mir echt Sorgen. Du hast ihn ja im Krankenhaus gesehen, hat Robert erzählt. Wenn der wirklich geheult hat, also, ich sag dir, dann ist da auch was. Vielleicht braucht er Hilfe. Wir müssen uns kümmern. Das sind wir ihm schuldig.«

Wir gehen in die Pausenhalle und setzen uns an einen freien Tisch. Ich rede eine Weile über Jonas und über unsere Klasse, dass wir echt gutzusammenhalten und so, aber ich sehe, das interessiert sie jetzt nicht besonders und zum Reden hat sie keine Lust. Sie brütet vor sich hin und ich quatsche ein bisschen mit Lena Bode aus der 10 c, die am Nachbartisch sitzt. Ihr Bruder schmeißt am Wochenende eine Riesenparty.

Es hat noch nicht geklingelt, da kommt Robert aus der Tür von Trakt B. Die Petersen springt auf und rennt raus zu ihm hin. Durch die Glasscheibe der Pausenhalle sehe ich, wie die beiden reden und gestikulieren. Mal sieht es aus, als wollten sie aufeinander einprügeln, mal, als wollten sie sich um den Hals fallen.

So geht das ungefähr zehn Minuten lang. Dann haben sie sich scheinbar beruhigt. Sie nicken sich zu und – kann sein – sie sind sich einig geworden. Jedenfalls steuern sie nebeneinander die Pausenhalle an. Fehlt nur noch, dass sie Händchen halten.

»Wir können jetzt gehen«, sagt Robert, als sie vor meinem Tisch stehen. Nichts lassen sie raus über ihr Gespräch, kein Wort über den Rektor, den Skandal oder den Aktienquatsch.

»Na dann«, sage ich. Fragen tue ich nicht. Die sollen nicht denken, dass ich neugierig bin. Ich gehöre ja nicht zu ihrem Turtelverein.

Wir gehen durch die verschneite Stadt. Wie die Kinder schlittern die beiden ab und zu ein Stück über den eisverschorften Bürgersteig. Die Sonne steht am wolkenlosen Himmel. Der Schnee glitzert. Er blendet so, dass man blinzeln muss.

Vorsicht, Dachlawinen! steht auf einem Pappschild am Anfang der Stresemannstraße, in der Jonas wohnt. Große alte Miethäuser, schmale Vorgärten, parkende Autos am Straßenrand. Britta Petersen malt mit dem Zeigefinger ein Gesicht in den Schnee auf der Kühlerhaube eines VW Käfers. Robert knöpft seinen Mantel auf, löst den Knoten seines schwarzen Schals und lässt ihn an beiden Seiten lang herunterhängen.

»Hier ist es«, sagt er. »Nummer 38.«

Wir treten uns den Schnee von den Schuhen, tauchen aus dem Wintersonnenwetter in das Halbdunkel des Treppenhauses, steigen die Stufen hinauf. An manchen Stellen ist der gelbgraue Putz von der Wand geblättert, an manchen Stellen sieht man noch ein blassblaues Muster.

Dritter Stock. *Marianne und Jonas Köster.* Eine Tür wie alle anderen hier, ein Spion auf Augenhöhe.

»Alles klar?« Die beiden nicken. Ich drücke den Klingelknopf.

Von innen sind Schritte zu hören. Und noch bevor die Tür geöffnet wird, ist da Jonas' Stimme. »Ach ihr!« Er klingt wie immer.

Dann steht er vor uns und lacht. »Die Schülerzeitung! Wollt ihr ein Interview?«

»He, Jonas«, sage ich, echt froh, dass offenbar alles in Ordnung ist.

»Kommt rein!«

Im engen Flur riecht es nach Kaffee. Wir gehen hinter Jonas her in die Küche und da sitzt am Tisch vor dem Fenster eine kleine Frau mit strähnigen, grauen Haaren und einem blassen Gesicht. Jonas' Mutter.

Erst mal fährt mir ein ziemlicher Schreck in die Glieder.

Was soll man sagen? Was redet man mit jemandem, der eigentlich nicht mehr auf der Welt sein wollte?

»Mama«, sagt Jonas. »Du musst jetzt Make-up auflegen. Schon wieder Besuch. Die Schülerzeitung. Robert kennst du ja. Das ist Britta, die mit ihm die Schülerzeitung macht. Und Reni aus unserer Klasse.«

Die kleine Frau mustert uns. Ein vorsichtiges Lächeln huscht über ihr Gesicht. Trotz ihrer Blässe geht etwas Warmes, Herzliches von ihr aus.

»Schön, dass ihr gekommen seid«, sagt sie. »Ich bin froh, dass Jonas so gute Freunde hat. Gute Freunde sind das Wichtigste im Leben.«

Erstaunlich, diese Frau. Versteckt sich nicht. Man könnte denken, es wäre nichts gewesen. Wenn ich da an meine Mutter denke! Die würde den Teufel tun und so was sagen wie: »Gute Freunde sind das Wichtigste im Leben.« Meine Freunde interessieren sie doch gar nicht.

»In unserer Klasse halten wir zusammen, Frau Köster«, sage ich und sie nickt. »Und Jonas mögen wir alle.«

»Mann, Reni«, sagt Jonas. »Ist das ein Heiratsantrag?«

Alle lachen und die erste Verlegenheit ist weg.

»Guck mal im Küchenschrank, Jonas«, sagt Frau Köster. »Oben rechts. Da müssen noch Kekse sein. Und hol den Hocker aus dem Bad. Und einen Stuhl aus dem Wohnzimmer.«

Schließlich sitzen wir im Halbkreis an dem kleinen Küchentisch, ein Schälchen mit Schokokeksen vor uns auf der Wachstuchtischdecke mit dem Blümchenmuster. Robert und die Petersen drucksen herum und haben offenbar immer noch Angst, irgendwas Falsches zu sagen. Auch mir fällt im Moment nichts ein. Erstaunlicherweise nimmt uns Jonas' Mutter das Reden ab und kommt gleich auf den Punkt.

»Schaut mich nicht so an, Kinder«, sagt Frau Köster. »Alles ist gut. Ich bin eine dumme alte Frau. Weiß gar nicht, was mir eingefallen ist. Dabei habe ich einen so guten Sohn ... Wir haben die halbe Nacht geredet, die halbe Nacht ...« Ihre Stimme schwankt, sie schluckt, aber sie beherrscht sich.

»Reg dich nicht auf, Mama«, sagt Jonas und legt seiner Mutter die Hand auf den Arm. »Du siehst ja: Wir haben viel mehr Freunde, als du denkst.«

Wir sind der vierte Besuch heute, erzählt Jonas. Die Nachbarin Frau Koslowski war da, Greta, die beste Freundin der Mutter, und eine Annette Küppers, Krankenschwester, über deren Besuch sie sich offenbar ganz besonders gefreut haben.

»Als die zehn, elf war, hat sie mal hier im Haus gewohnt«, erzählt Jonas. »Da hat sie mich gewickelt und im Kinderwagen umherkutschiert ... Ihr seht, die Leute rennen uns die Bude ein.«

»Es tut so gut zu wissen, dass es solche Menschen gibt«, sagt Frau Köster. »Wenn man alt wird, lebt man immer mehr von der Erinnerung. Das werdet ihr jungen Leute zum Glück noch nicht verstehen. Aber die Erinnerung, das ist ein Reichtum, ein Schatz, den einem keiner stehlen kann.«

»Wie meinen Sie das?«, frage ich.

Die kleine Frau sieht mich an, nachdenklich irgendwie. Kann sein, die Erinnerung schwimmt mit ihr davon. »Jonas«, sagt sie schließlich. »Komm. Hol das Bild von der Kommode und stell es auf den Tisch.«

»Mama?«, sagt Jonas. »Meinst du wirklich ...?«

»Deine Freunde sollen das jetzt wissen«, sagt Frau Köster.

»Wir haben doch lange darüber geredet, Junge, und du hast recht: Wir wollen ihn nicht länger verstecken. Komm, hol das Bild.«

»Also gut«, sagt Jonas. Er steht auf, nimmt ein gerahmtes Foto vom Küchenschrank und stellt es auf den Tisch, sodass wir alle es sehen können. Ein junger Mann mit offenem Hemdkragen lacht uns vom Foto entgegen. Er sieht aus wie Jonas, nur ein paar Jahre älter.

»Dein Vater«, sage ich. »Mensch Jonas. Zum Verwechseln ähnlich!«

Jonas reagiert nicht. Kann sein, das alles ist ihm irgendwie peinlich.

»Ja, Jonas' Vater«, sagt Frau Köster. »Mein Mann. Der beste Mensch, den man sich denken kann. Ein Held. Ein wirklicher Held.«

»Mama«, sagt Jonas. »Ich weiß nicht ... Ein Held ...?«

»Doch, doch. Helden sind nicht die, die alles widerspruchslos mitgemacht haben. Warum sollen deine Freunde nicht wissen, was du für einen Vater hast?«

»Mama, ich weiß nicht ...«

»Bitte erzählen Sie, Frau Köster«, sage ich.

Ein dankbarer Blick streift mich und dann redet sie und redet. Will was loswerden, unbedingt, wie Jonas manchmal, und lässt sich nicht unterbrechen. Erzählt, wie sie ihren Mann kennengelernt hat – er war Fotograf, sie hat in seinem Labor gearbeitet –, was sie vorhatten im Leben, reisen wollten sie, fremde Länder sehen. Aber nur einmal sind sie zusammen bis an die Ostsee gekommen, dann war ja Krieg und er musste Soldat werden.

»1944, als alle immer noch den Naziverbrechern gehorcht haben in diesem schrecklichen Krieg, da hat er nicht mehr mitgemacht, ist weg von seiner Truppe, wollte nicht noch mehr schuldig werden, und da ist er ...«

»Desertiert?«, frage ich.

»Ja«, sagt Frau Köster. »Desertiert. Das war für die Großmächtigen so ungefähr das Schlimmste ... Bis zum heutigen Tag sagen sie das: Deserteure sind Feiglinge. Als wenn es mutiger gewesen wäre, weiter Menschen umzubringen in diesem Unrechtskrieg. Ein Feigling, haben sie gesagt, er wäre ein Feigling ... Dabei war er einer der wenigen, die nicht feige waren, einer der wenigen, die menschlich geblieben sind. Halb totgeschlagen haben sie ihn dafür. Und wenn der Krieg nicht zu Ende gegangen wär, hätten sie ihn verscharrt und keiner hätte was erfahren.«

Ihre Stimme zittert, aber Stolz und Trotz schwingen darin.

»Einer von seinen Kameraden hat ihn verraten«, sagt Jonas. »Wir wissen nicht, wer. Sie wollten ihn ins KZ stecken. Aber es war schon Chaos überall. SS-Männer haben ihn gefoltert, geschlagen, getreten. Einer hat ihn dann doch laufen lassen. Er hat sich nach Hause geschleppt, halbtot.«

»Drei Jahre hat er danach noch gelebt«, erzählt Frau Köster. »Drei Jahre ... und keiner wollte wissen, was wirklich passiert war ...«

Das geht mir nicht in den Kopf. »Wieso denn das?«, sage ich. »Nach 45 ... also, da war doch Demokratie, da hatten die Nazis doch keine Macht mehr.«

»Mädchen«, sagt Frau Köster mit einem bitteren Lächeln. »Wie du dir das vorstellst ... Demokratie, ja, auf dem Papier. Aber das Denken in den Köpfen der Menschen, das ändert sich so schnell nicht. Noch heute will keiner daran erinnert werden, dass er dieser Verbrecherbrut hinterhergelaufen ist. Heute erzählen sie alle: Wir haben nur unsere Pflicht getan. Die Pflicht für das Vaterland. Ha! Die Pflicht für eine Mörderbande. Und einer, der aus der Reihe getanzt ist, der ist bestimmten Leuten heute noch verdächtig.«

»Dem Nachtjäger«, sagt Robert und Jonas nickt.

Auf dem Tisch steht das Foto von Jonas' Vater mit dem lachenden Gesicht. Es ist ein Lachen, irgendwie so lebendig, als würde er gleich zur Tür hereinkommen. Eine Weile sagt keiner was und alle sehen auf das Bild.

»Ich habe meinen Vater nicht kennengelernt«, sagt Jonas schließlich. »Er ist gestorben, da war ich ein Jahr. Und E. K., Eduard Köster, mein Onkel, hat uns durchgeschleppt, hat mir von klein auf beigebracht, dass ich über meinen Vater lieber nicht reden soll, dass der ein Versager war, dass ich mich schämen muss, wenn von meinem Vater die Rede ist ...«

»Eduard Köster?«, sage ich. »Der Bankdirektor? Das ist dein Onkel? Der Bruder von deinem Vater?«

»Wieso sollst du dich schämen?«, fragt die Petersen.

Jonas verzieht das Gesicht. »Mein Vater und sein Bruder«, sagt er, »die waren wie Feuer und Wasser. Onkel Eduard immer dabei, immer vornean, mein Vater nicht, mein Vater, der ...«

»Sein Vater wollte nur leben, einfach nur leben«, fällt ihm seine Mutter ins Wort. »Seine Arbeit machen, seine Fotos, Freunde haben, Reisen machen, sich am Leben freuen. Alles, was von oben kam, die tausend Verordnungen und Vorschriften, wie man denken, was man tun soll, das war ihm alles zuwider.«

»Und sein Bruder«, sage ich, »also, der Bankdirektor, der war ein Nazi?«

Jonas grinst. »Natürlich nicht. Sagt er jedenfalls. Hat nur seine Pflicht getan, sagt er. Wie alle. Und jetzt ist er wieder ganz vorn dabei. Bankdirektor. Wer Geld hat, der hat recht.«

»Hat er nicht!«, sagt die Petersen mit Nachdruck.

Alle sehen sie an. Keiner widerspricht ihr und ich kann mir jetzt vorstellen, wie sie vorhin dem Rektor mit seinem Aktienkram Feuer gegeben hat. Irgendwie hat sie ja recht, aber natürlich ist das total blauäugig und mit so einer Meinung kannst du nun mal keinen Blumentopf gewinnen. Und weil ich nicht will, dass die Petersen das letzte Wort behält, entgegne ich ihr: »Kannst du so nicht sagen. Nur weil er Geld hat, hat er auch nicht von vornherein unrecht.«

»Kinder«, sagt Frau Köster. »Streitet euch nicht um des Kaisers Bart.« Sie nimmt das Foto ihres Mannes in die Hand, sieht es eine Weile an und stellt es vor sich hin, als wolle sie ihn näher bei sich haben, weil ihr unser Gerede zu dumm ist. Oder weil sie denkt, richtig verstehen können wir sie doch nicht.

Wir reden noch eine Zeit lang über Schule und ganz Belangloses, dann gehen wir. Jonas wird morgen wieder zur Schule kommen. So wie es aussieht, brauchen sie gar keine Hilfe.

Die Sonne blendet über der Schneefläche im Park. Unzählige kleine Eiskristalle glitzern an den Büschen und Bäumen. Vom Teich hört man das Kratzen von Schlittschuhkufen auf dem Eis. Schlittenkinder johlen und kreischen. Aber alle Geräusche klingen irgendwie gedämpft, als wäre die ganze Welt in Watte gepackt.

Bis zur Bushaltestelle gehen wir noch zusammen. Die Petersen schweigend zwischen Robert und mir, die Hände tief in den Manteltaschen vergraben. Möchte wissen, was die sich so denkt. Könnte sein, dass Fritz das gefallen würde. Dass eine aufmuckt gegen »Wer Geld hat, hat recht«. Könnte sein, dass sie Fritz besser gefallen würde als ich.

»Also dann«, sagt Robert an der Haltestelle. »Mach's gut. Bis morgen.«

Wahrscheinlich sind sie beide froh, mich loszuwerden.

Ich gehe hinter der Haltestelle den notdürftig freigeräumten Weg zwischen den Gärten entlang in das Viertel, in dem meine Tante Erika wohnt, bei der ich übernachten werde. Als ich mich noch einmal umdrehe, sehe ich, dass sich Robert und die Petersen an den Händen gefasst haben und reden. Sollen sie doch. Von mir aus.

Heute ist nicht Mittwoch, nicht unser Tag. Beim nächsten Mal, nehme ich mir vor, werde ich Fritz das erzählen. Nein, nichts von der Petersen, das nicht. Aber das von Jonas' Onkel. Dem Geldsack und alten Nazi. Das interessiert ihn bestimmt.

TEIL 2
Frühling

ZEITUNGSSPLITTER

+++ Der Winter mit Eis und Schnee dauert bis Anfang April. Noch im März befürchtet man, dass die Ostsee von unten her zufrieren könnte.

+++ Marika Kilius und Hans-Jürgen Bäumler werden Europa- und Weltmeister im Eiskunstlauf.

+++ Der 100. Band der »Bibliothek Suhrkamp« wird ausgeliefert.

+++ Ein Erdbeben in Libyen fordert 500 Tote.

+++ Präsident Kennedy will Vereinbarungen über die Einstellung von Atomtests erreichen.

+++ Vertreter der katholischen Kirche protestieren gegen das Theaterstück »Der Stellvertreter« von Rolf Hochhuth.

+++ Zum dritten Mal in einem halben Jahr: Putsch in Syrien.

+++ In Zeitungsanzeigen wird für Prämien- und Bausparen geworben.

+++ Cassius Clay am Beginn seiner großen Boxkarriere.

+++ Der Prozess gegen die Hersteller von Contergan beginnt.

+++ Die ehemalige Kaiserin von Persien, Soraya, versucht sich als Filmschauspielerin.

+++ Frankreich löst eine Atomexplosion in der Sahara aus.

+++ Eine Umfrage ergibt, dass mehr als drei Viertel der Bürger der Bundesrepublik Deutschland dem amerikanischen Präsidenten Kennedy vertrauen.

+++ Ein Vulkanausbruch auf der Insel Bali fordert mindestens 400 Tote.

+++ Prominente Politiker erklären vor den Landsmannschaften der Vertriebenen: »Die Oder-Neiße ist keine endgültige Grenze.«

+++ In häufig wiederholten Zeitungsanzeigen heißt es: »Denk an dein Paket nach drüben.«

+++ Auf der »Jugendseite« ist zu lesen: »Grenzen – Anachronismus unserer Zeit? In den Herzen junger Menschen haben sie keinen Platz mehr.«

+++ Osterverkehr 1963: 1000 Unfälle, 100 Tote.

+++ Trotz Appell des sowjetischen Ministerpräsidenten Chruschtschow lässt der spanische Diktator General Franco den Kommunistenführer Garcia hinrichten.

+++ Wirtschaftsminister Ludwig Erhard wird von seiner Partei, der CDU, als Nachfolger Konrad Adenauers für das Amt des Bundeskanzlers nominiert.

+++ Die Post erhöht das Porto: Ein Brief bis 20 g kostet jetzt 0,25 DM, eine Postkarte 0,15 DM.

+++ Erste bundesweite Ausstrahlung des Zweiten Deutschen Fernsehens, ZDF, am 1. April.

+++ Einer Witwe, die in zwei Instanzen abgewiesen worden war, wird per Entscheid des Bundessozialgerichts der Anspruch auf Kriegsopferrente bewilligt: Ihr Mann war kurz vor Kriegsende hingerichtet worden, weil er zu seinen Soldaten-Kameraden gesagt hatte, der Krieg sei verloren und jeder weitere Kampf bedeute Selbstmord.

+++ Der Bundestag begrüßt den Vertrag für die deutsch-französische Zusammenarbeit als »Grundpfeiler des Weltfriedens«.

+++ Rassenunruhen in der Industriestadt Birmingham in Alabama, USA. In der Zeitung steht: »Hunderte von Negern lieferten der Polizei bis zum Morgengrauen eine Straßenschlacht.«

+++ An der deutsch-deutschen Grenze: »Fluchtversuch endete im Feuer der Vopos. Autobus prallte gegen Mauer.«

+++ Der Generalstaatsanwalt der DDR erhebt Anklage gegen den Staatssekretär im Bundeskanzleramt der Bundesrepublik, Dr. Globke, der im »Dritten Reich« Mitverfasser der Nürnberger Rassengesetze war.

+++ Die neue Brücke über den Fehmarnsund wird von König Frederik von Dänemark und Bundespräsident Lübke eingeweiht.

+++ Auf der »Seite der Frau« wird geraten: »Lachen Sie nicht über den Vatertag. Geben Sie Ihrem Mann für einen Tag frei.«

+++ Der amerikanische Astronaut Gordon Cooper umkreist die Erde. Der erste bemannte Mondflug wird geplant.

+++ In Nürnberg und Koblenz enden Prozesse gegen ehemalige KZ-Aufseher mit milden Strafen. »Das Gericht hielt den Angeklagten zugute, dass sie Opfer einer satanischen Macht geworden seien und als blind gehorchende Werkzeuge ausnahmslos Befehle ausgeführt hätten ...«

+++ Der Schauspieler und Kabarettist Wolfgang Neuss sagt: »Hätte Hitler nicht Juden vergast, sondern Tauben vergiftet, hätte der Volkszorn ihn weggespült ...«

ROBERT

Die Verhandlung findet im Lehrerzimmer statt. Mit ernsten Gesichtern sitzen sie hinter dem Tisch an der Fensterseite des Raumes: Rektor Lauenstein, der Nachtjäger und Tilla Thorwald. Auch Tilla Thorwald ist nicht auf unserer Seite. Wie es aussieht, hat sie sich sogar am allermeisten empört.

Ingo und ich sollen für die Klasse sprechen, sollen erklären, wieso das passieren konnte. Reni, die mit dem Schlimmsten immer schnell bei der Hand ist, hat geunkt: »Kann sein, sie werfen die ganze Klasse von der Schule. Und alles wegen so ein paar Idioten!«

Jetzt stehen wir vor dem Tribunal und müssen für etwas den Kopf hinhalten, das weder Ingo noch ich gewollt haben. Ich bin Klassensprecher, Ingo Stellvertreter. So ist das nun mal – wer gewählt ist, ist verantwortlich.

»Die Klasse 9 a«, beginnt der Rektor in seinem überkorrekten Tonfall, »ist im zurückliegenden Schuljahr wiederholt durch rüpelhaftes Benehmen und mangelnden Leistungswillen aufgefallen. Die Schulleitung hat, angesichts der Fürsprache eures Klassenlehrers, Herrn Hartmann, immer wieder Gnade vor Recht ergehen lassen und große Geduld mit euch gehabt. Was nun aber vorgefallen ist, sprengt den Rahmen ...«

»Was habt ihr euch bloß dabei gedacht?«, fällt Tilla Thorwald dem Rektor in die Rede.

Ingo und ich sehen uns ratlos an. Ich ziehe die Schultern hoch.

»Gedacht?«, sage ich. »Ich glaube ... nichts ...«

»Ihr sollt aber denken«, sagt Tilla Thorwald. »Wofür seid ihr denn sonst auf der Schule?«

»Nun, nun, liebe Kollegin«, beschwichtigt der Nachtjäger. »Wollen wir doch die Kirche im Dorf lassen. Meine Schülerinnen und Schüler sind nicht besser und nicht schlechter als andere auch. Keiner konnte wissen, dass Herr Dr. Freytag gesundheitlich so anfällig ist.«

Das bringt Tilla Thorwald in höchste Erregung. »Herr Kollege Hartmann«, sagt sie fast außer Atem. »Ich muss doch sehr bitten. Nichts rechtfertigt dieses Verhalten. Das war kein harmloser Schulstreich, dahinter steckt der böse Geist von gestern, das war ...«

»Aber, aber, Frau Kollegin!«, ruft der Nachtjäger und lacht laut auf. »Ihr Eifer in allen Ehren. Aber so doch nicht! Was haben denn die jungen Leute von heute damit zu tun?«

Rektor Lauenstein runzelt die Stirn. »Zur Sache bitte«, ermahnt er den Nachtjäger und Tilla Thorwald. »Robert Hoffmann, du bist Klassensprecher. Schülerzeitungsredakteur. Warum hast du diese ... diese Zusammenrottung nicht verhindert?«

Mir wird heiß. Bestimmt habe ich eine puterrote Birne. Wie hätte ich das verhindern können? Alles fing an wie schon viele Male zuvor. Horst Weinrich hat das Stichwort gegeben: »Wie war das noch mal im Dritten Reich, Herr Dr. Freytag? Das mit den Juden?« Und wie erwartet hat der Lehrer sich in Rage geredet: »Naziverbrecher ... Unmenschen ... Mörder!« Und wir, die jungen Menschen von heute, hätten die heilige Pflicht, es besser zu machen als die Generation unserer Eltern ... die heilige Pflicht ...

Mir war nicht wohl bei der Sache, aber was hätte ich tun sollen? Dr. Freytag redete, gestikulierte, ereiferte sich – wir lehnten uns zurück, manch einer hatte Schwierigkeiten, sein Kichern zu unterdrücken, Horst Weinrichs Referat war vergessen, alles lief wie immer – aber was dann passierte, hatten wir nicht eingeplant: Dr. Freytag griff sich plötzlich an die Brust, wurde bleich und rannte ohne Erklärung aus dem Klassenzimmer.

»Es tut uns leid«, bringe ich schließlich hervor. »Keiner hat das gewollt.«

»So. Es tut euch leid. Ihr habt das nicht gewollt«, sagt Rektor Lauenstein. »Das fällt euch aber früh ein. Zu den Pflichten eines Klassensprechers gehört es, solche Entgleisungen zu verhindern. Das solltest du wissen, Robert Hoffmann.«

Ich weiche seinem Blick aus und sehe auf den Fußboden.

Der Nachtjäger lächelt. »Der Robert«, sagt er, »schreibt gute Aufsätze. Leistungsmäßig hat er sich erfreulich entwickelt. Leider nur hat er eine Schwäche, einen Fehler: Er kann sich nicht durchsetzen. Das liegt ja nun ganz im Geist der Zeit, weich sein und nachgiebig. Und bedauerlicherweise wird er in dieser Schwäche von anderer Seite ja auch gehörig befeuert.«

Der Rektor runzelt die Stirn.

»Wie meinen Sie das?«

»Es gibt Kräfte an unserer Schule«, antwortet der Nachtjäger mit Süffisanz in der Stimme, »die haben starken Einfluss auf den ›Chefredakteur‹ von Ihro Gnaden. Und die halten, ganz im Sinn der Nestbeschmutzung, jegliches Durchsetzungsvermögen für grundsätzlich böse.«

Tilla Thorwald fegt sich die Haarsträhne aus der Stirn und sieht den Nachtjäger kampflustig an. »Das ist ja ungeheuerlich!« Sie stützt die Hände auf den Tisch und sieht aus, als wolle sie gleich aufspringen.

»Verehrte Kollegen!«, sagt Rektor Lauenstein und hebt wie zur Abwehr die Hände. »Ich bitte Sie. Tragen Sie Ihren Streit anderswo aus. Nicht hier. Nicht jetzt. Zurück zur Sache!« Er wendet sich uns zu. »Also, Jungs? Was habt ihr dazu zu sagen?«

Ingo und ich sehen uns an. Was sollen wir sagen?

»Das machen doch alle«, sagt Ingo. »Die aus der 9 b genauso und die aus der c auch.«

»Was machen die?«

»Na ja«, sagt Ingo. »Den Dr. Freytag ... auf Touren ... also ich meine, zum Schimpfen bringen. Was diesmal passiert ist, also, wie Robert schon gesagt hat, das wollte keiner.«

»Oh, ihr ... ihr«, ruft Tilla Thorwald. »Ihr wisst ja gar nicht, was ihr da macht!« Sie scheint den Tränen nahe.

»Na, na«, sagt der Nachtjäger. »Da muss ich meine Klasse doch in Schutz nehmen. Ein paar Rüpel sind dabei, wie in jeder Klasse, ja. Aber bösartig ist keiner.«

»Bleiben wir bei der Sache«, sagt Rektor Lauenstein. »Jungs, ich frage euch: Wer hat damit angefangen?«

Ingo und ich schweigen.

Der Rektor sieht uns mit Adlerblick an. »Nun? Klassensprecher?«

Wenn wir beim Nachtjäger eins gelernt haben, dann das: Wir petzen nicht. Keiner verpfeift einen Klassenkameraden.

Das gilt genauso für Horst Weinrich, auch wenn ich den von allen am wenigsten abkann.

»Nun?«

Wir sagen nichts.

Der Nachtjäger lächelt und nickt uns zu.

»Wir werden es rauskriegen«, sagt Rektor Lauenstein. »Da verlasst euch drauf. Und wenn ihr noch so verstockt schweigt.«

»Einspruch, Euer Ehren«, sagt der Nachtjäger. »Meine Schüler schwärzen keine Kameraden an. Das können Sie nicht von ihnen verlangen. Auch wenn die Nestbeschmutzung nun scheinbar zur Staatsräson wird, einen Rest von Ehrgefühl darf man doch wohl noch haben!«

Rektor Lauenstein schenkt dem Nachtjäger einen tadelnden Seitenblick. »Dass Sie Ihre Klasse in Schutz nehmen, Herr Kollege Hartmann, ist ja lobenswert«, sagt er. »Aber hier geht es um mehr. Stellen Sie sich vor, die Sache wird ruchbar. Wird in der Presse breitgetreten. Der Ruf unserer Schule steht auf dem Spiel!«

Tilla Thorwald seufzt. Dann spricht sie mit einer Entschiedenheit und einem Nachdruck, wie ich es von ihr noch nie gehört habe.

»Meine Herren«, sagt sie. »Es geht doch wohl nicht zuallererst um den Ruf der Schule, sondern um das, was man Herrn Dr. Freytag angetan hat. Nun muss wenigstens versucht werden, gutzumachen, was noch gutzumachen ist. Ich schlage deshalb vor, dass die Klasse 9a ihre Klassenkasse plündert, dass der Klassensprecher und sein Vertreter einen großen Blumenstrauß kaufen und sich noch heute Nachmittag im Namen der Klasse für das Vorgefallene entschuldigen. In aller Form.«

Einen Moment lang sagt niemand etwas. Lauenstein und der Nachtjäger sehen Tilla Thorwald an, erleichtert der eine, spöttisch der andere.

Schließlich nickt der Rektor. »Ihr Vorschlag, verehrte Kollegin«, sagt er, »findet meine Zustimmung. Ihr habt gehört, Jungs, was ihr zu tun habt. Morgen will ich einen ausführlichen Bericht. Fürs Erste seid ihr entlassen.«

Selbst der Nachtjäger widerspricht nicht.

»O Mann«, stöhnt Ingo im Rausgehen. »Da haben wir schön was am Bein!«

Die Floristin, eine ältere Frau, mütterlicher Typ, hält uns den großen Strauß roter Rosen hin, strahlt uns an und sagt: »Da kann sie sich aber freuen, die junge Dame!«

Ingo und ich grinsen uns an.

»Wer von euch beiden ist denn der glückliche Verehrer?«, fragt die Verkäuferin.

»Robert«, sagt Ingo. »Der hat Chancen bei den Frauen!«

Die Blumenverkäuferin lacht schallend. »O je, ich sehe schon, ihr habt es beide faustdick hinter den Ohren!«

Auf der Straße sagt Ingo: »Los, Mensch. Bringen wir den Strauß einfach deiner Britta und fertig.«

»Sie ist nicht ›meine Britta‹«, sage ich.

»Habt ihr euch gezofft?«

»Komm, hör auf«, sage ich. Der Gedanke an Britta liegt mir schwer im Magen. Sie hat sich verändert. Weder Tilla Thorwald noch ich noch sonst jemand konnte sie dazu überreden, wieder bei der Schülerzeitung mitzumachen. Seit dem Tag, an dem Rektor Lauenstein sie rausgeworfen hat, tut sie, als interessiere sie das alles nicht mehr. Auch für mich hat sie nur noch *Weiß nicht, Mal sehen* und *Vielleicht* übrig und die Sache mit Dr. Freytag hat sie mir offenbar persönlich übel genommen. *Du bist der Anführer einer Truppe von Unmenschen,* hat sie mir ins Gesicht geschleudert. Sollte ironisch klingen, aber in ihrer Stimme war mehr Bitterkeit als Spottlust gewesen. Es hat mich getroffen.

»Blöd, dass das passiert ist«, sagt Ingo. »Dass der Freytag den Herzklabaster gekriegt hat.«

»Hotte hat es zu weit getrieben.«

»Hätte nicht gedacht, dass der Rektor sich da reinhängt«, sagt Ingo. »Irgendjemand muss ihn angespitzt haben.«

»Tilla Thorwald«, sage ich. »Die ist mit Dr. Freytag befreundet, hat sich um ihn gekümmert, nachdem er aus der Klasse gerannt ist. Die sind per Du.«

»Die Thorwald!«, flucht Ingo. »Der Besen! Vornherum immer scheißfreundlich, hintenrum knallhart!«

»War schon verdammt fies, was wir da aufgeführt haben«, sage ich.

»Machen die anderen doch genauso.«

Den Rest des Weges gehen wir schweigend. Ingo schwenkt den großen Blumenstrauß zwischen uns hin und her. Manchmal streift er dabei mein Bein und das Einwickelpapier raschelt.

Händelstraße 7. Das Haus liegt ein Stück zurück in einem alten Garten mit hohen Bäumen. Ein Kiesweg führt auf den Eingang zu. In Gedanken lege ich mir ein paar Sätze zurecht, die ich sagen will. *Es tut uns leid, was passiert ist. Wir haben uns scheußlich benommen. Wir bitten Sie um Entschuldigung und hoffen, dass Sie bald wieder unterrichten können.*

Niemand ist zu sehen. Aus dem Haus dringt kein Laut. Wir

gehen die ausgetretenen Stufen der Steintreppe zum überdachten Eingang hinauf und stehen vor einer mit kunstvollem Schnitzwerk verzierten Haustür.

»Mann«, raunt Ingo. »Lies mal: alles Studierte!«

Auf einem Messingschild neben der Tür steht in verschnörkelter Schrift:

Dr. Judith Kellermann

Prof. Dr. Peter Kellermann

Dr. Erwin Freytag

Wir sehen uns an und atmen tief durch.

Ich drücke auf den Klingelknopf.

Fast augenblicklich antwortet der Türsummer. Ingo schiebt die schwere Tür auf.

Ein großer, dämmriger Flur, fast eine Halle, links eine aufwärtsführende breite Treppe. Rechts fällt ein Lichtschein aus einer halboffenen Tür, in der eine Frau steht. Langsam gehen wir auf sie zu.

»Wir möchten zu Herrn Dr. Freytag«, sage ich. »Wir sind seine Schüler.«

»Kommt rein«, sagt die Frau mit einer angenehm warmen Stimme. »Tilla, also, Frau Dr. Thorwald, hat euch schon angekündigt.«

Sie geht vor uns her, führt uns ins Wohnzimmer. Ein hoher Raum, Stuckdecke, lange Vorhänge an großen Fenstern, Bilder an den Wänden und Bücher, überall Bücher.

»Setzt euch«, sagt die Frau und deutet auf ein schwarzes Sofa zwischen zwei Bücherregalen. Sie ist schlank, sieht sportlich aus und trägt eine rot gestreifte Bluse und Jeans.

»Wir wollten uns entschuldigen«, sage ich und Ingo hält ihr den Blumenstrauß hin.

Sie nimmt ihm den Strauß ab, wickelt ihn aus, wirft das zusammengeknüllte Papier auf den Couchtisch.

»So schöne Blumen!«, sagt sie. »Die muss ich gleich ins Wasser stellen. Einen Moment.«

Sie verschwindet mit den Blumen, und Ingo und ich setzen uns vorsichtig auf die Sofakante. Wir sehen uns an, beklommen irgendwie. Ingo zupft sich am Kinn. Das macht er immer, wenn er ratlos ist. Ich versuche, meine vorbereiteten Sätze im Kopf neu zu sortieren. Von hier sieht man durch das Fenster auf einen großen Kastanienbaum. Aber da steht auch nicht, was wir jetzt sagen könnten.

Die Frau kommt zurück und stellt unsere Rosen in einer goldverzierten Vase auf eine Kommode im Erker. Sie tritt zwei Schritte zurück und betrachtet die Blumen, als würde sie ein Kunstwerk bestaunen. Dann kommt sie zu uns und setzt sich in den Sessel uns gegenüber. Weil sie immer noch schweigt, sage ich noch einmal: »Wir möchten uns entschuldigen.«

Sie nickt. Ein kaum merkliches Lächeln fliegt über ihr Gesicht.

»Ich weiß«, sagt sie leise, schlägt die Beine übereinander, verschränkt die Hände vor dem Knie und sieht vor sich hin, als würde es ihr schwerfallen, Worte zu finden. Dann gibt sie sich einen Ruck, hebt den Kopf und schaut zu uns her.

»Mein Vater möchte euch nicht sehen«, sagt sie. »Es geht ihm nicht gut und der Arzt hat ihm jede Aufregung verboten. Sein Herz. Und wie ihr ja gemerkt habt, regt er sich sehr schnell auf.«

»Das ... also, wir wollten das nicht«, stottere ich.

»Wenn euch das nur früher eingefallen wäre, Robert«, sagt sie und ich erschrecke, als sie meinen Namen ausspricht.

»Wir wollten das wirklich nicht«, sagt Ingo.

Sie sieht zwischen uns hin und her und schweigt lange. Nach einer Weile sagt sie: »Ich habe meinem Vater oft geraten, dass er es euch erzählt. Aber das wollte er nicht. Das konnte er nicht.«

»Was erzählt?«, frage ich.

»Warum er sich so aufregt, immer wenn von der Nazizeit die Rede ist.«

Sie beugt sich vor, stützt die Ellbogen auf die Knie und den Kopf zwischen die Hände.

»Es fällt mir schwer, darüber zu sprechen«, sagt sie schließlich. »Aber auch ich bin Lehrerin. Am Gymnasium. Ich weiß, wie es in der Schule zugeht. Und ich kann mir sogar vorstellen, dass ihr das nicht gewollt habt. Trotzdem ist es fürchterlich. Ganz fürchterlich.«

Ich spüre, wie sich etwas in meinem Brustkorb zusammenzieht, wie meine Kehle trocken wird.

»Ihr könnt euch das nicht vorstellen«, sagt sie. »Ihr habt diese Zeit nicht erlebt. Ihr wisst nicht, was ihm passiert ist. Es ist zu grausam. Aber ihr müsst es wissen, damit ihr kapiert, was ihr anrichtet, wenn ihr ihn zu eurem Spaß ...«

Einen Moment lang versagt ihr die Stimme. Sie richtet sich auf, stützt sich mit den Händen auf den Sessellehnen ab, sammelt sich, und dann sagt sie: »Die Nazis haben seine Frau, meine Mutter, vor seinen Augen kaltblütig erschossen. Nur weil sie Jüdin war.«

Es ist, als ob mir plötzlich das Herz stehen bliebe. Es steht mir vor Augen, als ob es in diesem Augenblick passiere. Was waren wir für Idioten!

»Diese Verbrecher!«, sagt Ingo.

»Wenn wir das gewusst hätten«, sage ich.

»Es ist so seltsam«, sagt die Frau. »Eigentlich ist er nach dem Krieg nur deshalb wieder Lehrer geworden, um euch jungen Menschen das zu sagen: Tut alles, damit so etwas nie wieder passiert. Aber über sein persönliches Erleben kann er nicht reden. Lange Zeit konnte er das nicht einmal mit mir, seiner einzigen Tochter.«

Wir schweigen lange. In meinem Kopf stürzen die Gedanken ineinander. Scham, Grauen, Mitleid, Entsetzen.

»Ihr müsst das verstehen«, sagt Dr. Freytags Tochter endlich. »Er ist tief verletzt. Das lässt sich nicht so einfach wiedergutmachen. Auch nicht mit schönsten Blumen. Vielleicht wird er nie wieder in die Schule kommen. Sein Arzt hat ihm empfohlen, Schluss zu machen mit der Schule. Das wird ihm schwerfallen, er hat eine ... eine so große Sorge um die Welt ... Ach, was rede ich ... Ich danke euch, dass ihr gekommen seid. Das war mutig von euch. Und ich glaube, wenn es ihm besser geht, wird auch mein Vater es zu würdigen wissen. Erzählt euren Klassenkameraden alles. Und wenn ihr über meinen Vater redet, denkt daran, das war keine Heldentat, was ihr mit ihm angestellt habt.«

Nachdem wir das Haus in der Händelstraße Nr. 7 verlassen haben, laufen wir lange schweigend nebeneinander her, Ingo und ich. Ingo ist keiner, der besonders zart besaitet ist, aber was wir erfahren haben, hat auch ihn durcheinandergebracht.

Händelstraße, Schillerstraße – wir gehen durch das Musiker- und Dichterviertel, dann durch den Park mit den hundertjährigen Bäumen, hören das Lachen und Schreien der kleinen Kinder vom Spielplatz, da sagt Ingo: »So ist das damals wahrscheinlich auch gewesen.«

Ich sehe ihn fragend an.

»Bei den Nazis«, sagt Ingo. »Einer wie Hotte hat seinen Schwachsinn in die Welt gesetzt und alle anderen haben es nachgequatscht.«

An der Kreuzung vor dem ehemaligen Stadttor trennen wir uns und ich gehe zum Bahnhof. Obwohl ich dort und danach im Bus von vielen Menschen umgeben bin, habe ich das Gefühl, als wäre ich noch nie so weit weg von allen anderen gewesen. Immer wieder sehe ich das vor mir: Jemand hält die Pistole an den Kopf einer wehrlosen Frau und drückt ab. Und unser Lehrer steht daneben, reißt die Augen auf vor Entsetzen … So bleibt das Bild stehen, ist überdeutlich und gefriert zu Eis.

Am Abend überlege ich, ob ich Britta anrufen, ihr alles erzählen soll.

Ich rufe sie nicht an. Ich bin zu feige.

Schlafen kann ich in dieser Nacht lange nicht.

JONAS

Donnerstag Abend. Ich bin allein in der Wohnung. Gegen 19 Uhr klingelt das Telefon. Robert, denke ich. Er wollte schon viel früher anrufen wegen der Mathearbeit morgen. Ich hebe ab.

»Na, du Dössel ...«

Schweigen in der Leitung. Dann meldet sich eine unbekannte Männerstimme. »Ist da Jonas Köster? Klasse 9 a, Pestalozzi-Realschule, der Neffe von Eduard Köster?«

He, denke ich, Vorsicht, Vorsicht. Einer, der Onkel Eduard kennt. Das bedeutet nichts Gutes.

»Wenn Sie meinen Onkel sprechen wollen, der hat die Nummer ...«

»Nein, nein. Dich will ich sprechen, Dich. Bist du allein?«

Dann hustet er mir erst mal was vor, Raucherhusten wahrscheinlich. Es dauert, bis er seine Stimme wieder flott hat.

»Schön, dass ich dich gleich an der Strippe habe, Jonas. Hast du einen Moment Zeit?«

»Kommt drauf an. Wer sind Sie denn?«

Er zögert. »Ein Freund« sagt er schließlich. »Der Name ist nicht wichtig.«

»Komischer Freund«, sage ich, »der seinen Namen nicht sagt. Nee, mit anonymen Anrufern rede ich nicht ...«

»Halt!«, ruft der Unbekannte. »Leg nicht auf! Du würdest es bereuen. Wir sitzen im selben Boot. Ich bin … ich bin ein Freund deines Vaters … sozusagen.«

»Was?« Meine Stimme überschlägt sich fast vor Aufregung. »Sie haben meinen Vater gekannt? Waren Sie im Krieg zusammen?«

Er scheint wieder zu überlegen. Dann: »Das nicht gerade. Aber wir sind Leute, verstehst du, die dafür sorgen, dass Menschen wie deinem Vater endlich Gerechtigkeit widerfährt. Und die dafür sorgen, dass Menschen wie deinem Onkel Eduard … also, dass diese alten Faschisten endlich ihre gerechte Strafe kriegen.«

»Und?«, frage ich. »Wie soll das gehen?«

»Hör zu, Jonas«, sagt er eindringlich. »Du willst doch dasselbe wie wir. Wir wissen, wie du zu deinem Onkel stehst. Wir wissen, dass der alte Geldsack sich damit dicke tut, dass er deine Mutter und dich finanziell unterstützt, und dass er das Andenken deines Vaters schlechtmacht, wo er nur kann …«

»Woher wissen Sie das?«

»Das tut nichts zur Sache. Wir wissen es eben.«

»Wer sind Sie? Und was wollen Sie von mir? Warum sagen Sie nicht, wer Sie sind?«

»Das geht nicht im Moment. Solange der Staat das Unrecht deckt und die Ungerechtigkeit fördert, solange müssen wir vorsichtig sein. Übrigens: Du kannst ruhig du sagen. Wir sind doch auf einer Linie.«

»Auf was für einer Linie?«, sage ich. »Und was sind das für Leute, die auf einmal meinen Vater rächen wollen?«

Er lacht. »Wir sind mehr, als du denkst. Und eines Tages werden wir auch diese elende Geheimniskrämerei aufgeben können. Dann wird alles offen auf den Tisch gelegt, alle Naziverbrechen und auch die Irrwege des Kapitalismus. Dann wird es gerecht zugehen auf der Welt.« Die Stimme hat etwas Drängendes. Als ginge es um Leben und Tod.

»Schön wär's«, sage ich.

»Man darf die Hände nicht in den Schoß legen«, sagt er. »Man muss wissen, auf welcher Seite man steht, und damit sich endlich was ändert, muss man was tun.«

»Was denn tun?«

»Stehst du auf unserer Seite? Willst du uns helfen?«

»Kommt drauf an«, sage ich.

»Pass auf, Jonas. Wir haben schon eine Menge über deinen Onkel Eduard zusammengetragen, zum Beispiel über seine Machenschaften als Bankmensch. Und es gibt Hinweise, dass er sich im Krieg die Hände schmutzig gemacht hat. Wir müssen wissen, wo er damals war. Welche Kompanie, welcher Dienstgrad, welche Kaserne, welcher Frontabschnitt wann und wo. Kannst du uns das sagen?«

»Nee. Kann ich nicht. Weiß ich nicht. Hat mich auch nie interessiert.«

»Aber du könntest das rauskriegen? Du könntest deine Mutter fragen. Oder ihn selber?«

»Meine Mutter nie. Ihn ... vielleicht ...«

»Dann könnten wir recherchieren. Nachforschungen anstellen.«

»Und das gebt ihr dann an die Zeitung?«

»Vielleicht.«

»Das druckt keiner. Er kennt sie doch alle. Vom Inhaber bis zum Chefredakteur.«

»Siehst du«, sagt die Stimme. »So ist das in unserem Staat.

Alles verfilzt und korrupt. Das muss sich ändern. Wenn die Zeitung es nicht druckt, machen wir Flugblätter. Sollst mal sehen, wie dein sauberer Onkel Eduard dann aus der Wäsche guckt. Vielleicht machen wir das zu seinem Geburtstag. Er hat doch im September?«

»Am Dreizehnten«, sage ich und ärgere mich sofort, dass ich nun doch etwas verraten habe.

»Also, Jonas. Kannst du das rauskriegen? Welche Kompanie? Welcher Dienstgrad? Wann und wo an welcher Front?«

»Weiß nicht«, sage ich. »Woher soll ich denn wissen, ob Sie mir nicht sonst was erzählen? Vielleicht wollt ihr ja seine Bank überfallen ...«

Er lacht. »Scherzbold«, sagt er. »Wäre auch keine schlechte Idee. Aber keine Angst. Wir sind nicht kriminell. Kriminell ist dein Onkel und das, was er und seinesgleichen mit dem Geld anstellen.«

»Verstehe ich nicht«, sage ich.

»Tu nicht so«, sagt die Stimme. »Verstehst du wohl. Deine Mutter muss sich krummlegen, und es reicht hinten und vorne nicht. Und dein Onkel schwimmt im Geld. Ist das etwa gerecht? Und das nachdem er vielleicht sogar deinen Vater verraten hat.«

Das ist der geheimste Gedanke meiner Mutter. Nie sagt sie das laut. Wir können das nicht beweisen und Onkel Eduard weist es weit von sich. Ich möchte mal wissen, woher dieser Typ das alles weiß. Aber er wird es mir nicht sagen.

»Also, Jonas. Ich rufe in einer Woche wieder an. Donnerstag um dieselbe Zeit. Und du versuchst inzwischen, was rauszukriegen. Wenn du deine Mutter nicht fragen willst, frag ihn selber. Wahrscheinlich ist er sogar stolz, wenn er dir das erzählen kann. Aber bitte, Jonas: Unser Gespräch bleibt unter uns. Denk daran: Wir stehen auf derselben Seite. Kann ich mich auf dich verlassen?«

»Weiß nicht«, sage ich.

»Dein Vater wäre stolz auf dich.« Das sagt er so, als wüsste er es ganz genau.

Gemein ist das. So was darf höchstens meine Mutter sagen. Und nicht einmal die. Ich weiß doch selber nicht, was mein Vater von mir erwarten würde.

»Mal sehen«, sage ich ziemlich lahm.

»Bis nächsten Donnerstag, Jonas. Mach's gut.«

»Hm.«

Dann legt er auf.

Es wird dunkel. Ich laufe in der Wohnung herum, muss mich bewegen. Dann stehe ich vor dem Fenster, sehe auf die Straße hinunter. Kann das sein? Gibt es Leute, die sich selbstlos dafür einsetzen, dass meinem Vater »Gerechtigkeit widerfährt«? Die es hinkriegen, dass Onkel Eduard öffentlich auf den Topf gesetzt wird? Aber wieso sagt der seinen Namen nicht? Und was ist mit Mutter und mir, wenn sie Onkel Eduard fertigmachen? Mutters bisschen Putzlohn und Witwenrente reichen hinten und vorne nicht. Ohne Onkel Eduards Geld würde es uns schlecht gehen. Auf welcher Seite stehe ich?

Ich schalte den Fernsehapparat ein. Vielleicht kommt was von der Eishockeyweltmeisterschaft. Aber es kommt *Schmelztiegel New York*. Eine Weile sehe ich in Häuserschluchten und Menschenmassen, aber ablenken kann mich das nicht. Ich muss zugeben, dass mich der Anruf durcheinandergebracht hat.

Gegen zehn kommt meine Mutter nach Hause. Kaum dass sie zur Tür rein ist, sprudelt es aus ihr heraus: »Stell dir vor, ich spiele Theater!«

Seit dem Krankenhaustag kommt Annette oft zu uns, redet mit Mutter, kümmert sich um tausend Sachen. Heute hat sie Mutter mitgenommen zur Probe für ihre Laienbühne, die sie mit anderen Krankenschwestern und Pflegern in einem ehemaligen Kino in der Nähe des Krankenhauses gegründet hat. Annette tut Mutter gut. Sie ist ein Schatz. Sie macht das alles freiwillig und umsonst.

»Eine vornehme Dame soll ich spielen«, erzählt Mutter. »Bisschen verrückt, aber liebenswürdig. Meinst du, dass ich das kann?«

»Klar kannst du das«, sage ich. Ich will sie nicht aus ihrer guten Stimmung reißen, aber meine Gedanken sind woanders und von dem Anrufer erzähle ich ihr natürlich nichts.

Mitten in der Nacht wache ich auf und sofort ist da die Frage: Auf welcher Seite stehe ich? Soll ich dem Anrufer den Gefallen tun und rauskriegen, wann und wo Onkel Eduard Soldat gewesen ist? Eine große Sache wäre das nicht. Und wenn er wirklich Dreck am Stecken hat, dann muss er das ausbaden, das ist doch nur gerecht. Jeder muss geradestehen für das, was er getan hat. Dem selbstherrlichen Onkel Eduard ist doch zu gönnen, dass er endlich mal vorgeführt wird.

Am Freitagnachmittag nehme ich die beiden Bücher, die er mir vor langer Zeit schon zum Lesen aufgedrängt hat (Felix Dahn, *Ein Kampf um Rom* und Gustav Freytag, *Soll und Haben*) und mache mich auf den Weg ins vornehme Ostviertel.

Es gibt größere und protzigere Villen hier als das vor acht Jahren neu gebaute Haus von Onkel Eduard und Tante Edeltraud. Leichte Hanglage, streichholzkurz gehaltener Rasen, ringsherum Johannis- und Stachelbeersträucher, schulterhohe Apfelbäume, ein Pfirsichbaum, eine große Platane neben dem Hundezwinger, in dem Wotan, der Schäferhund, lebt.

Ich klingele, Tante Edeltraud öffnet. Die Blümchenschürze voller Mehlstaub, aufgekrempelte Ärmel, Überraschung, wenn nicht Erschrecken in ihrem Puppengesicht. Aber blitzschnell schaltet sie um, von Misstrauen auf überschwängliche Freude.

»Joonas!«, ruft sie. »Wie schön, dich zu sehen. Du musst meinen Aufzug entschuldigen, ich bin gerade am Backen. Komm rein, mein Junge!«

Wie immer klingt alles, was sie sagt, wie auswendig gelernt, und dass ich »ihr Junge« sein soll, könnte mich schon wieder auf die Palme bringen. Aber ich folge ihr brav in die Küche und frage nach Onkel Eduard.

Sie sieht mich an und fast flüsternd, als würde sie mir ein Staatsgeheimnis verraten, sagt sie: »Dein Onkel Eduard hat sich ein wenig aufs Ohr gelegt. Er hatte eine anstrengende Woche in der Bank.«

»Ich wollte die Bücher zurückbringen«, sage ich und lege sie auf die Häkeldecke auf der Küchenkommode.

»Ja, schön«, sagt Tante Edeltraud. »Wie geht es deiner Mutter, mein Junge? Wir haben uns ja solche Sorgen gemacht!«

Ich sage, was man so sagt, »danke, gut« und »alles bestens«, und dann: »Sie spielt jetzt Theater!«

Es zuckt in ihren Augen, dann verzieht sie den Mund zu einem schiefen Lächeln. »So? Theater? Wie kommt sie denn darauf?«

Bestimmt denkt sie, dass sich das nicht gehört in Mutters Alter. Wenn ich mir vorstelle, Tante Edeltraud würde »eine vornehme Dame« spielen? Tut sie doch, geht es mir durch den Kopf. Nur: Ihr Theater ist das wirkliche Leben.

Ich erzähle von Annette und wie gut es Mutter inzwischen geht, erzähle, als wäre alles noch ein bisschen toller, als es in Wirklichkeit ist, und Tante Edeltraud greift nach ihrer Holzrolle und plättet den safrangelben Kuchenteig auf dem Küchentisch, dass an den Rändern kleine Mehlwölkchen wegspritzen.

Soll ich sie nach Onkel Eduards Soldatenkarriere fragen? Kompanie, Dienstgrad, Fronteinsatz wann und wo? Soll ich das dem anonymen Anrufer stecken, damit sie ihn fertigmachen können? Irgendwie wäre das doch Verrat.

Ob ich will oder nicht, ich gehöre zu dieser Familie. Und Tante Edeltraud in der Küche, ohne Gewittertulpe, ohne Onkel Eduard, Schürze vor dem Bauch, mehlbestäubt, ist mir trotz all ihrer falschen Freundlichkeit doch irgendwie vertraut und ich frage nur: »Kann ich mal austreten bei euch?«

»Gewiss doch, mein Junge«, sagt sie. »Du weißt ja, wo.«

Als ich aus dem Bad komme, sehe ich, dass die Tür zum Wohnzimmer einen Spalt weit offen steht. Ihr trautes Heim: der altdeutsche Schrank, das goldgerahmte Bild mit dem röhrenden Hirsch, die Standuhr mit dem goldenen Pendel, Fernsehtruhe, Blumenfenster, Gummibaum, Perserteppich. Und im angrenzenden Rauch- und Herrenzimmer mit dem mächtigen, immer aufgeräumten Eichenschreibtisch, liegt Onkel Eduard in seinem schwarzen Ledersessel, die Beine auf dem Hocker, die Filzpantoffeln daneben. Über sein Gesicht hat er ein Taschentuch gebreitet, das jedes Mal, wenn er den Atem von sich stößt, aufflattert, als wolle er mir zuwinken. Hosenbund und Weste hat er geöffnet, die Hände vor dem prallen

Bauch gefaltet. Der schlafende Onkel Eduard – ein hilfloser, aus der Form quellender Fleischkloß.

Zum ersten Mal verspüre ich ihm gegenüber eine Art Überlegenheit, eine Art Macht. Ich könnte ihm eins auswischen, könnte den Anrufer auf seine Spur setzen, damit er ihn von seinem Thron stößt und seine bräsige Selbstgefälligkeit zerfleddert.

Eine Weile sehe ich ihn an, dann gehe ich in die Küche zurück und sage, dass ich wegen dringender Hausaufgaben jetzt gehen muss. Natürlich fragt Tante Edeltraud nun pflichtgemäß und ohne wirkliches Interesse nach der Schule und ich sage, pflichtgemäß und weit von der Wahrheit entfernt: »Alles bestens, Versetzung kein Problem, wird schon werden.« Was ich nach der Schule mache, fragt sie und ich sage: »Weiß ich noch nicht, es ist ja immer noch ein Jahr.«

Ob ich die Bücher gelesen habe und was ich dazu sage, fragt Tante Edeltraud zum Glück nicht, das würde nur Onkel Eduard tun. »Schöne Grüße an den Onkel«, sage ich noch und bin froh, als ich wieder zur Haustür hinaus bin.

Die kommenden Tage sind dann tatsächlich vollgestopft mit Pauken für die Schule, und als am nächsten Donnerstag das Telefon klingelt, ist mir die Stimme des anonymen Anrufers hauptsächlich lästig.

»Hallo Jonas«, sagt die Stimme. »Ich bin's wieder. Wie versprochen.«

»Ach so.«

»Na? Hast du was rausgekriegt?«

»Klar.«

»Ich höre.«

»Also ... Mein Onkel war KZ-Aufseher. Ein ganz schlimmer. Brutal und blutrünstig. Hat eigenhändig Leute umgebracht ... Konnte gar nicht genug kriegen ...«

»Jonas!«, sagt die Stimme und hat auf einmal was Lehrerhaftes. »Mit so was macht man keine Witze ...«

»Ach Mensch, lassen Sie mich doch in Ruhe! Wenn Sie mir nicht sagen, wer Sie sind, sage ich Ihnen auch nichts über meinen Onkel.«

Eine Weile schweigt er. Dann: »Hätte ich mir denken können.«

»Was?«, sagte ich. »Was denken?«

»Dass du noch zu unreif bist. Zu naiv. Dass du nicht kapierst, worum es eigentlich geht.«

Ich spüre, wie sich die heiße Wut in mir staut. »Natürlich weiß ich, worum es geht!«, schreie ich ins Telefon. »Das muss ich mir von Ihnen nicht erzählen lassen! Sie ... Sie ...«

»Nichts weißt du«, sagt die Stimme. »Überhaupt nichts!«

»Arschloch!«, sage ich und lege auf.

BRITTA

»Britta, du?« Kathi sieht mich ungläubig an. »Du schmeißt eine Party?«

»Nächsten Samstag«, sage ich. »Um 19 Uhr geht's los. In Petersens Partykeller. Du bist doch dabei?«

»Aber klaro«, antwortet Kathi. »Aber ... aber du hast doch gar nicht Geburtstag?«

»Geburtstag nicht. Nur so was Ähnliches«, sage ich. Kaum ist es raus, bereue ich es. Es ist beinahe unmöglich, vor Kathi ein Geheimnis zu haben.

»Was denn Ähnliches?«

»Komm, Kathi, bohr nicht. Du wirst es früh genug erfahren.«

»Was denn erfahren? Was Schönes, was Schlimmes?«

»Wie man's nimmt«, sage ich.

»Fährt denn nachts noch ein Bus aus eurem Kaff?«

»Mein Onkel Erik hat versprochen, dass er euch holt und auch wieder nach Hause fährt. Bis Mitternacht haben wir sturmfreie Bude.«

»Wow!«

Erst ein Mal war ich auf einer Party. Bei Gabi von der Rätselecke. Was soll ich sagen? War ganz lustig. Man muss gar nicht tanzen können. Twist und Bossa Nova kriegt jeder hin. In Stralsund gab es so was nicht. Nur organisierte FDJ-Feiern, die mein großer Bruder Rasmus öde fand. Mich hat er nicht mitgenommen. Hier im Westen sind Partys offenbar was Wichtiges. Erwachsene reden da nicht rein, meistens jedenfalls. Man ist unter sich. Wie auf einer Insel, frei von dem, was Erwachsene einem dauernd abverlangen.

Die schönsten Erinnerungen an meine Kindheit spielen auf Inseln. In den Ferien waren wir meistens auf Rügen, Usedom oder Hiddensee. Selbst in ganz gewöhnlichen DDR-Ferienlagern oder Betriebsheimen war oft so eine Ahnung von Grenzenlosigkeit und Aufbruch zu spüren. Das lag am Meer, dem weiten, grenzenlosen. Seit meiner frühesten Kindheit habe ich das, dieses Meergefühl.

Als wir im Sommer 1960 hierher gezogen sind, habe ich zuerst gedacht, ich könnte hier nicht leben. Kein Wasser, nur ein Rinnsal von Bach durch die Wiesen, Hügel und Berge, die den Blick verstellen. Aber dann habe ich von der Kuppe des Rabenberges, der fast vor unserer Haustür liegt, über die Bäume weg bis an den Horizont nur Wald gesehen. Der Wind hat die Kronen bewegt und das hat ausgesehen wie die Wellen auf einer endlosen Wasserfläche. Nein, kein Meer, natürlich nicht, aber ein bisschen von der Grenzenlosigkeit und dem Aufbruchgefühl war wieder da. Na gut, habe ich mir dann gesagt, Kirchwalde, fünf Häuser, eine Schotterstraße, eine Kapelle, das ist auch wie eine Insel mittendrin und vielleicht ist doch jedes Zuhause wie eine Insel, und vielleicht sind es am Ende mehr noch die Menschen als die Umgebung, die ein Zuhause ausmachen.

Onkel Erik zum Beispiel. Wir leben hier in seinem Haus.

Ich bewundere ihn. Onkel Erik ist mit Leib und Seele Restaurator. Ein paarmal hat er mich mitgenommen in Kirchen und ins Museum. Als er vor einer neu freigelegten Wandmalerei stand, kriegte er das Leuchten in die Augen. »Schau dir das an, Britta«, sagte er. »Solche Schönheit gibt es auf der Welt!« Er kann staunen wie ein Kind.

Onkel Erik ist Anfang der Fünfziger Jahre, lange vor seinem Bruder – meinem Vater – in den Westen gegangen, weil er, wie er sagt, es nicht ertragen konnte, dass in der DDR alles Schöne verkam und dem Nützlichen geopfert werden sollte. Seine Frau hat er hier kennengelernt. Tante Almut. Sie hat das große Haus in Kirchwalde von ihren Eltern geerbt. Tante Almut war Töpferin. In dem großen Kellerraum, in dem jetzt unsere Party steigen soll, war ihre Werkstatt. Sie haben nur sieben Jahre miteinander gehabt, sieben glückliche Jahre, sagt Onkel Erik, dann ist Tante Almut bei einem Verkehrsunfall ums Leben gekommen.

Plötzlich war er allein in einem zu großen Haus mit zwei Stockwerken und ausgebautem Keller. Es gab aber noch andere Gründe dafür, dass wir hierhergezogen sind, von einem Deutschland in das andere. Papa hat in den Fünfzigerjahren in Stralsund als Neulehrer angefangen und damals fest an das Gute im Sozialismus geglaubt. Aber dann, sagt er, von Jahr zu Jahr mehr, hat sich das Gute, für das er arbeiten wollte, in verordnete Pflicht verwandelt, in Nötigung und Zwang. Selbst unter Kollegen waren Spitzeleien an der Tagesordnung. Wer selber denken wollte, hatte es immer schwerer, sagt er.

Auch Mama in ihrer Bibliothek hatte immer mehr Probleme. Sie hat die Oberen mit Fragen gelöchert, die nicht erwünscht waren: Warum haben wir keine englischen, keine französischen, keine amerikanischen Bücher? Einmal hat sie vor dem Arbeitskollektiv Selbstkritik üben müssen. Das heißt, sie musste sich vor alle anderen hinstellen und erzählen, was sie für ein schlechter sozialistischer Mensch ist. Die pure Heuchelei, sagt Mama.

Und Rasmus, mein großer Bruder, siebzehn damals, hatte sich mit seiner FDJ-Leitung angelegt. Danach galt er als unzuverlässig, und aus der Partei, die alles bestimmte, hörte er, dass es fraglich war, ob sie ihn zum Studium zulassen würden.

Ich war noch zu jung, um wirklich zu durchschauen, was da alles im Hintergrund gelaufen ist. In Stralsund hatte ich eine beste Freundin in der Klasse, so wie ich hier Kathi habe. Aber die Schule dort war viel strenger.

Es kam also vieles zusammen für unseren Entschluss, das schöne Stralsund und die Ostsee zu verlassen, zu Onkel Erik nach Kirchwalde zu ziehen und hier ganz von vorn zu beginnen. Papa ist jetzt statt Lehrer Buchhalter in einer Brauerei, Mama arbeitet in der Stadtbibliothek, Rasmus studiert und ich – sagt Papa – fange gerade an, mich an der Welt zu stoßen, so wie sie es schon hinter sich haben.

Robert kommt als Erster. Als ich ihn von unserem Wohnzimmerfenster aus sehe, renne ich raus – und gehe ihm dann langsam entgegen.

»He, Britta«, sagt er und steigt vom Rad. »Tut mir leid. Bin viel zu früh. Weiß auch nicht, wieso. Die fünf Kilometer sind ja ein Klacks.«

Soll ich es ihm schon mal sagen? Noch vor den anderen?

Wie ich ihn kenne, wird er wahrscheinlich am meisten daran zu schlucken haben.

Ich überlege noch, da kramt er einen süßen kleinen Stoffbären aus seiner Hosentasche und hält ihn mir hin.

»Das ist Bruno«, sagt er verlegen. »Der soll dir Glück bringen.«

Bruno hat rotbraunes Fell und guckt aus seinen Knopfaugen, als suche er etwas.

»Danke!«, sage ich und – ich kann nicht anders – drücke Robert einen schnellen Kuss auf die Wange. Natürlich kriegt er gleich wieder rote Ohren.

»Danke für die Einladung«, sagt Robert brav. »Du und Party – hätte ich ja nicht gedacht.«

»Ich auch nicht«, sage ich und in meine aufgekratzte Stimmung mischt sich eine Spur von Traurigkeit. Robert und Kathi, das sind die beiden, bei denen ich am meisten das Gefühl habe, hier angekommen zu sein, in dieser oft so verwirrenden westlichen Welt.

Wir stehen noch vor dem Haus, da kommt der weiße Lieferwagen, biegt von der Hauptstraße ab und rollt über den Schotterweg auf unser Haus zu. *Töpferei Almut Petersen* steht immer noch groß auf dem Auto.

Die Türen springen auf. Sie wuseln heraus, die Mädchen zuerst, Kathi, Doris und Gabi, Christel und Irmgard, dann die Jungen, Jörg, Rainer, Thomas, Michael und Andreas. Großes Hallo natürlich. Umarmungen, Händedrücken. Die Jungen sehen sich um, zögerlich irgendwie, als könnte unsere Waldeinsamkeit etwas Bedrohliches haben.

Meine Eltern lassen sich kurz sehen, geben jedem die Hand, wünschen einen fröhlichen Abend und verschwinden wieder.

Rasmus und seine Freundin Sabine tauchen gar nicht erst auf, die finden unsere Gesellschaft offenbar unter ihrer studentischen Würde.

Während wir um das Haus herum zum Kellereingang gehen, der in die ehemalige Töpferei führt, verebbt plötzlich das ausgelassene Gerede und Gekicher und eine angespannte Verlegenheit bricht aus. Als hätten sie alle auf einmal Angst, was Verkehrtes zu sagen. Himmel, hilf, denke ich. Was habe ich mir eingebrockt? Vielleicht war die Idee mit der Party doch falsch?

Aber dann staunen sie, als sie den Partyraum sehen. Onkel Erik hat mir geholfen, professionell sozusagen. Der Raum liegt im schummrigen, bunten Dämmerlicht, weil wir rotes und grünes Transparentpapier vor den beiden Lampen und vor den Windlichtern aus Tante Almuts Töpferwerkstatt angebracht haben. Unter der Decke ein Fischernetz, darin Seesterne, Muschelschalen und Steine von der Ostsee. An der Stirnseite das Elvis-Poster, fast lebensgroß. An den Wänden: Cliff Richard, Conny Froboess, Rex Gildo und die neue Band aus Liverpool, die Pilzköpfe, die Beatles.

Den ehemaligen Verkaufstresen der Töpferei habe ich zur Theke umfunktioniert: Cola- und Limoflaschen stehen darauf, Gläser und Schälchen mit Salzstangen und Käsegebäck und zwei Teller mit Schnittchen. Tante Almut würde es freuen, dass hier wieder Leben ist, hat Onkel Erik gesagt.

»Hey!«, sagt Jörg Buschmann. »Die reinste Lasterhöhle! Wer hätte das gedacht! Unsere tugendhafte Britta!«

Blödmann, denke ich. Aber ich lächle und tue so, als könne er mich heute Abend mit seinem Schwachsinn nicht provozieren.

Kathi und Irmgard haben jede einen Stapel Schallplatten mitgebracht und Thomas ist ganz wild darauf, Platten aufzulegen.

In der Tanzschule war noch keiner, aber Twist kann jeder und Twist ist in. Jeder tanzt für sich: Hüften kreisen, Ellbogen rhythmisch vor und zurück, dabei in die Knie gehen, den Körper möglichst weit nach hinten biegen. *Let's twist again.*

Alle sind auf der Tanzfläche. Röcke schwingen, Schlaghosen flattern, Christel im gewagten Mini, die Jungen tauen allmählich auf, keine Spur mehr von Verlegenheit. Ich bin froh, dass die Party nun doch schnell auf Touren kommt, aber mein Bauchweh wird immer schlimmer. Ich tanze und versuche, vergnügt auszusehen. Wann ist der richtige Zeitpunkt? Wann soll ich es sagen?

Es dauert lange, bis die Tanzlust nachlässt. Erhitzt und mit roten Köpfen holen sie sich zu trinken und setzen sich grüppchenweise auf die Gartenstühle, die ich an den Wänden des Raums verteilt habe.

Jetzt also. Es hilft alles nichts. Jetzt muss es sein.

»Stopp mal die Musik!«, rufe ich Thomas zu und lehne mich gegen die Theke.

Mit der plötzlich eintretenden Stille kommen – wie im Märchen von Dornröschen – alle Bewegungen zum Stillstand. Auf den Stühlen, auf der Tanzfläche, alle drehen sich zu mir um und sehen mich verwundert an. Wahrscheinlich erwarten sie irgendwas Lustiges, einen Party-Gag oder so.

»Hört mal her«, sage ich. »Ich muss euch was sagen.« Meine Stimme wackelt. Ich kriege es nicht hin, denke ich und hole tief Luft.

»Es ist so ... nämlich dass ... also, dies ist eine Art Abschiedsparty«, bringe ich schließlich raus. »Im nächsten Schuljahr gehe ich auf die Albert-Schweitzer-Realschule.«

Es ist raus. Ich fühle mich erleichtert. Aber was kommt jetzt?

Stille. Ratlosigkeit. Betretenes Schweigen.

»Britta!«, ruft Kathi. »Das ist nicht wahr!«

»Doch«, sage ich. »Es ist jetzt endgültig, Kathi.«

Ich muss mich anstrengen, dass ich nicht losheule. »Ich wollte euch aber sagen, dass es nicht an euch liegt, dass ich die Schule wechsle. Ich war gern auf eurer Schule. Ich habe gern bei der Schülerzeitung mitgemacht, wirklich, Robert. Aber der Lauenstein hat mich rausgeworfen. Ich habe ihm widersprochen. Nicht nur so aus Larifari. Wer widerspricht, muss dazu stehen. Ich kann nicht einfach so tun, als wär nichts passiert ...«

»Mensch Britta«, sagt Robert. Nichts weiter. Er lässt sich auf den nächsten Gartenstuhl fallen und sieht aus, als hätte ihn einer geprügelt.

Dann kommt es wie eine Sturzflut:

Kathi: »Britta, das kannst du uns nicht antun!«

Doris: »Der Rektor hat doch 'ne Macke mit seinen blöden Aktien!«

Thomas: »Bisher hat er uns noch nicht reingeredet.«

Christel: »Und wenn er uns reinredet, dann werfen wir alles hin. Hat Robert doch geschrieben.«

Irmgard: »Du bist zu empfindlich, Britta. Damit machst du dir das Leben schwer.«

Andreas: »Meinst du, der Rektor an der Albert Schweitzer ist besser? Die Pauker sind doch alle gleich.«

Gabi: »Wir werden dich vermissen, Britta. Echt vermissen.«

»Also, ich verstehe das alles nicht«, sagt Jörg Buschmann. »Du wechselst die Schule wegen nichts und wieder nichts?«

Einen Moment überlege ich, ob ich versuchen soll, es ihnen zu erklären. Ich tue es nicht. Ich kann es mir ja selber nicht so genau erklären. Ich weiß nur, dass es für mich um etwas sehr Wichtiges geht. Aber ich habe keine Worte dafür.

»Immerhin kann man sich hier aussuchen, auf welche Schule man gehen will«, hat mein Vater gesagt. »In Stralsund hätten sie dir wegen so was das ganze Leben vermasseln können.«

Ob meine Eltern und Onkel Erik mich verstanden haben? Richtig glücklich waren sie über meine Entscheidung nicht. Wir haben lange geredet. Und am Ende war dann dieser Satz gefallen, auf den wir uns geeinigt haben: *Wer widerspricht, muss dazu stehen.*

Ich habe ihn jetzt gesagt. Mehr geht im Moment nicht.

Gut eine halbe Stunde lang wird noch hin und her geredet, das heißt, die anderen reden, versuchen sich in Erklärungen, schimpfen auf den Rektor, auf die Lehrer, auf die Schule, finden meine Entscheidung falsch oder richtig, sind ratlos oder wissen es ganz genau.

Ich sage nichts weiter. Auch Robert sagt nichts. Irgendwann höre ich Michael sagen, dass man auch den Rektor verstehen muss, so sei das nun mal in der Welt, alles richte sich nach dem Geld, und wenn er uns das beibringen wolle, dann liege er doch gar nicht falsch. »Ist ja nur zu unserem Nutzen.«

Ich gehe zum Plattenspieler und nehme die nächste Single vom Stapel. Vorsichtig setze ich den Tonarm auf, sodass die Nadel nicht kratzt, und dann machen die mitreißenden Stimmen der Beatles allem Gerede ein Ende:

Love, love me do,
you know, I love you.
I always be true,
So please love me do.
Whoa, love me do.

Eigentlich simpel, was sie da loslassen. Und doch sagt es so ziemlich alles. *Whoa, whoa* ... Hört doch auf zu reden ...

Ich gehe zu Robert hinüber. Der sitzt immer noch wie ein k. o.-geschlagener Boxer auf dem Gartenstuhl in der Ecke. Ich setze mich neben ihn und lege meine Hand auf seinen Arm. »He, ich wechsle nur die Schule. Ich fliege nicht zum Mond.«

Er sieht mich an und sagt: »Ich dachte ... ich weiß nicht ... Ach, Britta ...«

Er ist schwer durcheinander und kann das nicht verbergen.

Ich lache und boxe ihn in die Rippen. »Komm«, sage ich. »Lass uns tanzen.«

Inzwischen hat Thomas neue Platten aufgelegt und offenbar sind jetzt Kathis Kuschelplatten an der Reihe. Nana Mouskouri, *Einmal weht der Südwind wieder*. Der volle Schmalz. Aber genau das, was ich jetzt brauche. Ich falte die Hände hinter Roberts Nacken, er zieht mich vorsichtig zu sich, die Hände auf meinem Rücken. Zwei links, einer rechts, irgendwie kommen wir in den Rhythmus der Musik, lassen uns treiben im Meer der Gefühle, brauchen keine Worte, kein Besserwissen, keine Erklärungen, kein Gestern, kein Morgen. *Einmal weht der Südwind wieder*, dann *Ich schau den weißen Wolken nach und fange an zu träumen*. Als die heisere Klarinette von Mr. Acker Bilk *Stranger on the Shore* spielt, sind wir uns sehr nah, tanzen Wange an Wange. Wir schwimmen auf der Musik und bewegen uns so selbstvergessen, dass wir eine Weile brauchen, bis wir merken, dass die anderen uns umringt haben und johlend in die Hände klatschen.

Wir fahren auseinander, lächeln verlegen, aber das schöne Gefühl ist dahin. Jetzt werden sie ihre Witze machen.

»Britta«, sagt Gabi von der Rätselecke. »Schon wegen Robert musst du auf unserer Schule bleiben!«

»Du bleibst!«, ruft Andreas. »Punktum! Es wird nicht desertiert!«

»Die Schülerzeitung braucht dich!«, sagt Rainer. »Everybody has to do his duty!«

Und dann ruft meine liebe Freundin Kathi die Revolution aus. Sie lehnt sich gegen den Thekentisch, bedeutet Thomas, die Musik zum Schweigen zu bringen und stemmt kämpferisch die Hände in die Hüften.

»Wer kommt am Montag mit zum Rektor?«, ruft sie. »Wir fordern, dass er den Blödsinn mit den Aktien zurücknehmen soll. Und wir fordern, dass er sich bei Britta entschuldigt. Wer kommt mit?«

Die Jungen grinsen unsicher, die Mädchen sehen sich ratlos an.

»Ja klar!«, ruft Jörg Buschmann. »Am Montag gehen wir alle zum Rektor und jagen ihn zum Teufel. Und setzen Tilla Thorwald als Rektorin ein. Dann haben wir softe Zeiten!«

»Blödmann!«, faucht Kathi ihren Vetter an.

Ich flüstere ihr ins Ohr: »Lass gut sein, Kathi. Der will nichts begreifen.«

Aber offenbar habe ich zu laut geflüstert. In Jörg Buschmanns Augen blitzt es auf. Demonstrativ dreht er sich um und tuschelt mit Michael und Andreas. Ich verstehe kein Wort, aber dass sie nichts Gutes im Schilde führen, kann ich mir denken.

»He, alle mal herhören! Jetzt kommt mein absoluter Lieblingssong!«, verkündet Thomas. Dreimal hintereinander spielt er *Da sprach der alte Häuptling der Indianer, wild ist der Westen, schwer ist der Beruf, uff!*

Es wird wieder getanzt. Jeder nach seinen eigenen Regeln, Twist oder so ähnlich. Der alte Häuptling der Indianer animiert uns zu einer Art Freistiltanz mit Aufstampfen, Hände über dem Kopf zusammenschlagen, in die Knie gehen und allen möglichen und unmöglichen Verrenkungen. Auch Robert ist wieder zum Leben erwacht. Er tanzt völlig selbstvergessen. Nur manchmal treffen sich unsere Blicke zwischen den wild schlenkernden Armen und Beinen, dem Auf und Ab der Körper und ich weiß: Es gibt so was wie ein Augenblicksglück, ein kurzes, gutes Gefühl mitten im Chaos.

Meine Anspannung ist verflogen. Ich schwimme auf der Musik. Am liebsten möchte ich alles Schlechte vergessen, allen Ärger, möchte den Augenblick festhalten, die Ausgelassenheit, die Leichtigkeit, die Schlagerillusion.

Ich weiß nicht, wie lange wir uns schon so schweißtreibend auf der Tanzfläche ausgetobt haben. Ich weiß nur, ich bin in einer anderen Welt. Und als mich Irmgard plötzlich am Arm fasst, brauche ich lange, bis ich begreife, was sie mir mitteilen will.

»Du, ich glaube, die qualmen«, sagt Irmgard.

»Wer?«, frage ich.

»Na, wer wohl? Jörg und Michael.«

Keine Zigaretten, kein Alkohol, das war die Auflage, die meine Eltern gemacht hatten. Aber ich habe jetzt überhaupt keine Lust, den Aufpasser zu spielen. Auch Irmgard mischt sich schnell wieder unter die Tanzenden. Die Party ist jetzt wieder richtig gut in Schwung gekommen mit *Speedy Gonzales*, *Zwei kleine Italiener*, dem *Peppermint Twist* und dem witzigen Chris Howland mit seiner *Hämmerchen-Polka*. Und mit Robert ... Da ist etwas zwischen uns ... Jörg und Michael können mich mal. Ich will jetzt keine Probleme. Ich will *Paradiso am Sonnenstrand*. Ich will wegschmelzen in meinen schönen Gefühlen.

Bis ich die Stimme von Onkel Erik höre. Laut und ganz anders, als ich sie kenne. Der Schleier zerreißt. Ich schrecke auf, lande unsanft in der wirklichen Welt und renne auf den Gang hinaus. Vor der geöffneten Tür zum Kellerraum, in dem die Bierkisten lagern, steht Onkel Erik, kopfschüttelnd, aufgebracht. Dicke Schwaden von Zigarettenqualm wehen aus der Tür.

Jörg und Michael hocken auf Bierkästen, fünf, sechs leere Flaschen vor sich auf dem Betonfußboden und – ich erschrecke, als ich es erkenne – die Scherben der grünen Venus, einer Figur aus Tante Almuts Töpferwerkstatt, die aus dem Regal neben der Tür gefallen ist.

»O Mann!«, schreie ich Jörg und Michael an. »Ihr Idioten! Ihr Vollidioten!«

Blinzelnd, mit verschleiertem Blick, schauen sie zu uns hoch. Sie sind betrunken.

»Es tut mir leid, Onkel Erik«, sage ich. »Ich hätte besser aufpassen müssen.« Ich weiß, dass ihm die Sachen von Tante Almut heilig sind.

»Schon gut, Britta«, sagt Onkel Erik. »Wir reden später.« Und zu Jörg und Michael: »Ihr rührt die Scherben nicht an, hört ihr? Vielleicht kriege ich sie wieder hin.«

Michael nickt und bringt nun doch so etwas Ähnliches raus wie: »'tschuldiung. Wollten wir nich.«

Inzwischen stehen auch die anderen um uns herum. Im Partyraum singt Freddy Quinn ganz allein *La Paloma*.

»Du Hammel! Du Rindvieh!«, beschimpft Kathi ihren Vetter.

»Wir bezahlen Ihnen das«, sagt Jörg Buschmann jetzt kleinlaut.

»Eine Million«, sagt Onkel Erik. »Die Figur kostet eine Million.«

Jörg Buschmann glotzt ihn mit offenem Mund ungläubig an. Michael verdreht die Augen.

»Ich schicke die Rechnung an eure Eltern«, sagt Onkel Erik. »Dann können die schon mal anfangen zu sparen.«

Jörg Buschmann begreift nicht und scheint ernsthaft zu überlegen, wie er das seinen Eltern beibringen soll.

Dass die Feier, meine Abschiedsparty, ein so blödes Ende nehmen muss. Nichts ist mit *Paradiso am Sonnenstrand*. Nichts mit Wegschwimmen in eine andere Welt. Es ist immer noch dieselbe alte, nüchterne, unromantische, oder?

Es ist zehn nach zwölf. Ende der Party.

»Warte draußen«, flüstere ich Robert zu, während sich alle verabschieden, und er nickt.

Meine Gäste bedanken sich und sagen, dass es trotzdem eine tolle Party war. Nur Jörg und Michael verkrümeln sich wortlos. Eine Woche haben wir noch in der Schule zusammen, dann bin ich weg.

Es geht auf einmal alles so schnell. Onkel Erik fährt den Lieferwagen über den Schotterweg und hält vor unserem Haus.

Sie steigen ein, die Türen klappen zu, Kathi winkt, vielleicht auch die anderen. Ich sehe ihnen nach, bis sie verschwunden sind.

Es ist eine nasskalte Nacht, keine Sterne, dicke Regenwolken ziehen am Mond vorbei. In keinem Schlager gibt es so ein Wetter.

Aber Robert ist da. Wir stehen ganz allein vor unserer Gartenpforte.

Er legt seine Arme um mich, ich falte die Hände hinter seinem Nacken wie beim Tanzen. Wir sehen uns in die Augen, als hätten wir uns noch nie gesehen.

Unsere Lippen suchen und finden sich wie von selbst.

Wir küssen uns lange. Mal zart, mal heftig.

Vom Haus hinter uns fällt ein Lichtschein auf den Weg.

»Britta!«, ruft meine Mutter. »Bist du noch draußen?«

Ich antworte nicht. Wir lösen uns voneinander, lächelnd, noch außer Atem. Er nimmt sein Fahrrad, schwingt sich auf den Sattel und fährt in seltsamen Kurven über den Schotterweg auf die Hauptstraße zu. Von dort winkt er, winkt immer wieder und ich winke zurück.

»Britta!«, ruft meine Mutter. »Wo steckst du?«

»Ich komme!«, rufe ich zurück.

Aber ich warte, bis auch das Rücklicht von Roberts Fahrrad nicht mehr zu sehen ist.

Zum ersten Mal in meinem Leben habe ich einen Jungen geküsst.

Zum ersten Mal in meinem Leben bin ich von einem Jungen geküsst worden.

In mir ist eine Musik. Bezaubernd und zart. Schöner, als jeder Schlager es sein kann.

RENI

ER liegt neben mir im Bett, bläst den Rauch seiner Zigarette gegen das Fenster in der Dachschräge, von wo er über die Schreibtischkante vor das kleine Bücherregal mit den Gesetzestexten zieht und schließlich hinter den Büchern verschwindet. Er braucht das, sagt er, die Zigarette danach, das entspannt ihn.

Wir kennen uns jetzt gut ein Vierteljahr. Es war ein nasskalter Wintertag. Wie schon oft bin ich nach der Schule nicht nach Hause gefahren, sondern bin zu Tante Erika gegangen und nachmittags auf den Weihnachtsmarkt. Aber irgendwie hatte ich keine Lust auf *O du fröhliche*, Bratwurst und Glühwein. Im Zentral-Kino lief *Lulu* mit Nadja Tiller, Otto E. Hasse und Hildegard Knef. Ab achtzehn. Alle sagen, dass ich viel älter aussehe, als ich bin, wie achtzehn mindestens, und ich wollte ausprobieren, ob das stimmt. Und tatsächlich, es war überhaupt kein Problem. Der alte Mann an der Kinokasse wollte keinen Ausweis sehen und nichts. Wahrscheinlich sind sie froh, wenn überhaupt noch jemand ins Kino geht. Alle gucken ja jetzt Fernsehen, Pantoffelkino.

In der Nachmittagsvorstellung waren dann auch nur zehn,

fünfzehn Leutchen, mehr nicht. Ich hatte mir den teuersten Platz in der letzten Reihe geleistet, da saß ich ganz allein.

Der Film hatte schon angefangen, langer Vorspann, Musik, Namen der Schauspieler, des Regisseurs und so weiter. Im Vorspann sah man lange nur die unteren Hälften von verschiedenen Leuten und wie sich der Rock einer Frau vom Wind aufbläht.

Dann kam ER. Die Platzanweiserin zeigte mit dem flackernden Licht ihrer Taschenlampe in die Richtung, in der ich saß. Er kam mit langen, wippenden Schritten durch das Halbdunkel und setzte sich neben mich. Fast schulterlanges Haar, wie einer von den Beatles. Ein Lächeln. Der betörende Duft seines Rasierwassers.

»Von hier sieht man am besten«, flüsterte er.

Irgendwie war mir von Anfang an klar, was jetzt passieren würde. Ich war aufgeregt und unsicher.

Er kramte eine Stange Pfefferminzdrops aus seiner Hosentasche und bot mir eins an.

Ich nahm es.

Jede Bewegung, jedes geflüsterte Wort von ihm schien mir von so großer Sicherheit, als müsste das einfach so sein. Ganz anders als bei den Jungen, mit denen ich schon mal geknutscht hatte, auf Partys oder auf dem Schützenfest, die waren immer irgendwie verlegen und zappelig. Er ist zehn Jahre älter als ich und ich hatte gleich das Gefühl, dass er genau weiß, wo's langgeht.

Deshalb war ich auch nicht besonders erschrocken, als auf einmal seine Hand auf meinem Knie lag. Mehr so zum Schein versuchte ich, sie wegzuschieben, und flüsterte: »Nein, nein!« Aber das ließ er nicht gelten, zog mich mit der anderen Hand zu sich und küsste mich.

»Du willst es doch auch!«, flüsterte er und küsste mich,

mit einem so heftigen Verlangen, wie ich es noch nie erlebt hatte. Irgendwann gab ich allen Widerstand auf und erwiderte seinen Kuss. Seine Hand arbeitete sich durch meine Winterklamotten und auch das war, als wäre es vorbestimmt und könnte gar nicht anders sein.

Vom Film habe ich nicht viel mitbekommen, nur ein paar zusammenhanglose Bilder, und nach dem Kino sind wir hier in seiner sturmfreien Bude gelandet und da ist es dann eben passiert. Mit Romantik war nicht viel, eigentlich war es ganz anders, als ich es mir immer vorgestellt hatte. Ziemlich wehgetan hat es beim ersten Mal und geblutet, aber ich habe versucht, mir nichts anmerken zu lassen. Richtig zufrieden war er wahrscheinlich nicht mit mir, aber dann hat er mich doch seine *Lulu* genannt und gesagt, dass ich gut war.

Natürlich darf keiner was wissen von uns. Wir treffen uns nur hier in seiner Studentenbude, heute zum fünften Mal. Er heißt Fritz Kolbe, studiert Jura im sechsten Semester und ist der einzige Sohn von Oberlandesgerichtsrat Heinrich Kolbe. Obwohl seine Eltern nur ein paar Straßen weiter wohnen, ist er schon lange von zu Hause ausgezogen. Zu Hause würde er ersticken, sagt er, er braucht seine Freiheit. Mit seinen Eltern ist er mehr oder weniger über Kreuz.

»Die ganze verrottete Generation vor uns«, sagt Fritz, »die, die schon bei den Nazis hohe Tiere waren, die gehören alle eingesperrt.« Er ist irgendwas Stellvertretendes im Studentenverband und politisch stark engagiert. Ich verstehe nicht alles, was er sagt, aber im Prinzip finde ich das schon richtig, dass den alten Nazis endlich mal der Hintern heißgemacht werden soll. Kann sein, mein Vater hat auch solchen Dreck am Stecken. Aber davon sage ich Fritz lieber nichts.

Dafür habe ich ihm von Jonas erzählt, von seinem Vater, dem Deserteur, und seinem Onkel, dem Bankdirektor. Das hat ihn schwer interessiert und er hat gesagt, er spricht mal mit Jonas. Das wäre ja ein Ding, wenn der fette Geldsack auch noch eine braune Vergangenheit hätte. Keine Ahnung, ob er mit Jonas geredet hat. Er hat nicht mehr darüber gesprochen.

Fritz stößt die Kippe in den kleinen, übervollen Aschenbecher auf dem Hocker neben dem Bett, steht auf, öffnet das Dachfenster einen Spalt, verschwindet in dem winzigen Bad und duscht. Ich höre das Wasser plätschern und stelle mir vor, wie es auf seinen Körper prasselt. Er hat mir angeboten, dass ich bei ihm duschen kann, aber das will ich nicht. Einen so tollen Körper habe ich nicht. Einmal hat er schon *Pummel* statt *Lulu* zu mir gesagt. Das hat mir einen Stich gegeben.

Mit Romantik, wie gesagt, hat er es nicht. Er kommt schnell zur Sache und hinterher redet er genauso schnell über ganz andere Dinge, jedenfalls nicht über Liebe. »Alle wollen doch nur das eine«, sagt Fritz. »Wer's nicht zugibt, ist ein Heuchler.«

Am Ende hat er wahrscheinlich recht damit. So ist das Erwachsensein. Jeder nimmt sich, was er braucht, und fertig. Das ganze Brimborium, der Schlagerkitsch und das sentimentale Gesülze – für die Katz.

Der Föhn brummt. Ich stehe auf, ziehe mich an, setze Wasser auf, koche Kaffee. So ist unser Ritual: Wenn er geduscht hat, sitzen wir noch auf einen Kaffee zusammen an dem kleinen Ausziehtisch in der Küchenecke und reden. Das heißt, meistens redet er. Von seinen Seminaren und seinen Professoren – die einen, sagt er, sind »alte Faschisten«, die anderen

»schafsköpfige Spießer« – höchste Zeit, dass da aufgeräumt wird.

Am Anfang habe ich gedacht, er würde mich mal mitnehmen in die Studentenkneipen und zu seinen Freunden und so. Aber er sagt, das ginge nicht, leider, er sei stadtbekannt und es gebe eine Menge Leute, die ihm mit Freuden einen Strick drehen oder ihn bei seinem Alten anschwärzen würden. Und vorläufig sei er eben noch auf die Moneten von zu Hause angewiesen. Deshalb müsse unsere Beziehung geheim bleiben. Irgendwann, sagt er, wenn die Spießermoral nicht mehr Staatsräson sei, würde sich auch das ändern.

Er kommt aus dem Bad, ein weißes Handtuch um die Hüften, und während er sich anzieht, sage ich schnell: »Du wolltest doch mal mit Jonas reden. Hast du das?«

»Jonas, Jonas?«, sagt er. »Welcher Jonas? Ach ja, der Kleine aus deiner Klasse, den meinst du?«

»Sein Vater ist der Deserteur«, sage ich. »Und sein Onkel ...«

»Sein Onkel ist der Geldsack«, sagt Fritz. »Eduard, der Bankdirektor mit der braunen Vergangenheit!« Er lacht vor sich hin und nickt versonnen.

»Und? Hast du mit Jonas geredet?«

»Ach Gott, Lulu«, sagt er. »Dein Jonas. Das ist ein dummer Junge, der noch an den Weihnachtsmann glaubt.«

»Sein Onkel erpresst ihn mit seinem Geld«, sage ich. »Ihn und seine Mutter. Und er zieht seinen Vater in den Dreck.«

Er setzt sich an den Tisch und wechselt von Ironie zu Ernst. »Siehst du«, sagt er. »Das übliche Kapitalistenspielchen, Erpressung und Verleumdung. Wer Geld hat, hat Macht. Und wer Macht hat, bestimmt.«

Dem kann man nicht widersprechen, und weil es eine gute Gelegenheit ist, mit ihm einer Meinung zu sein, sage ich: »Ja, so ist das. Unsere Schülerzeitung zum Beispiel. Der Rektor hat Aktien ausgegeben. Die meisten hat er sich selber unter den Nagel gerissen, hat sich die Macht gekauft. Wenn er die Hand hebt, kann er praktisch bestimmen, wer ihm passt und wer nicht und was die Redakteure schreiben sollen und was nicht. Eine aus der Redaktion hat er schon rausgeschmissen.«

»Halunke«, sagt Fritz. »Und so was nennen sie dann Demokratie.« Er zieht sein Päckchen Roth-Händle aus der Tasche und zündet sich eine an. Gedankenverloren bläst er mir den Rauch ins Gesicht und dann – als würde er sich plötzlich daran erinnern, dass ich mitten in seiner Rauchwolke sitze – hält er mir die Zigaretten hin. Ich ziehe eine heraus und er gibt mir Feuer.

»Siehst du, Lulu«, sagt er und klingt ein bisschen wie ein wohlmeinender Lehrer: »Genauso ist es. Mit dem Geld fängt die Lumperei an.«

Ich nicke. Es ist ein gutes Gefühl, mit ihm einer Meinung zu sein. Ich inhaliere und peinlicherweise muss ich danach husten.

Lächelnd klopft er mir auf die Schulter.

»Und was kann man dagegen tun?«, frage ich, als sich die Husterei endlich gelegt hat.

»Nicht rauchen«, sagt er und grinst.

»Nein. Ich meine, was kann man ...«

Er wird sofort wieder ernst und dann, als wäre es das Einfachste überhaupt, sagt er: »Die Welt verändern, Mädchen! Warte ab. Es gibt immer mehr Leute, die das kapieren. Die nicht von einer Diktatur in die nächste schlittern wollen. Die wollen Schluss machen mit Herrschaftsdenken und Konsumterror. Die nehmen dafür was auf sich. Die lassen sich nicht länger erschrecken. Warte ab, Mädchen.«

Jetzt hat er wieder dieses Feuer in den Augen, wie immer, wenn er von seinen politischen Sachen redet. Dafür bewundere ich ihn. Er eiert nicht rum, er sagt, was Sache ist. Mit solcher Sicherheit und Entschiedenheit, dass alle Zweifel klein werden. Ich könnte das nicht so gut formulieren. Aber ich spüre in seinen Worten eine Ahnung von Freiheit und Unabhängigkeit. Genau das, was ich brauche.

»Und Jonas?«, sage ich. »Ich meine, könnte man ihm nicht irgendwie helfen?«

»Warte ab«, sagt er wieder. »Am 13. September feiert sein Onkel, der goldene Eduard, seinen Sechzigsten. Das wird eine ganz große Sause. Mit allen Honoratioren im Schwarzen Bären. Mein Alter natürlich auch dabei. Von dem weiß ich das. Da machen wir dem Herrn Direktor ein ganz besonders schönes Geburtstagsgeschenk. Wart's ab.«

»Was für ein Geschenk?«

Geheimnisvoll grinsend sieht er mich an und legt den Finger auf die Lippen. »Hab Geduld. Wirst schon sehen.«

Er sieht auf seine Armbanduhr und steht auf. »Zehn vor vier«, sagt er. »Ich muss. Wenn du willst, kannst du abwaschen. Und warte mindestens eine Viertelstunde, bevor du gehst. Das ist wichtig. Die Berger im zweiten Stock, die alte Blindschleiche, schnüffelt hier im Haus rum. Bis nächsten Mittwoch, ja?«

Ich nicke.

Er hebt die Hand, dreht sich um und schon ist er zur Tür hinaus. Beim ersten Mal, als er so gegangen ist, habe ich noch gedacht, er würde mich zum Abschied küssen. Aber das ist natürlich elender Kitsch und Sentimentalität. Wir sind doch kein altes Rentnerehepaar.

Aber gut, ich wasche ab. Seine verklebten Teller von drei, vier Tagen, Besteck, fünf Biergläser, die beiden Kaffeebecher von heute und hinten auf dem Spültisch stehen zwei Sektgläser.

Mit wem trinkt er Sekt? Mit mir jedenfalls nicht. Ich will mir nicht vorstellen, dass er hier mit einer anderen ... Natürlich würde er mich dafür auslachen. Eifersucht ist was total Kleinbürgerliches, das überwunden gehört. Ach, verdammt.

Ich spüle ab, trockne ab, räume das Geschirr in den Hängeschrank, nur die Sektgläser lasse ich unabgewaschen stehen und stelle sie gut sichtbar in die Mitte vom Spültisch. Vielleicht merkt er ja was, mal sehen.

Ich streife noch ein bisschen durch die kleine Wohnung. Im Bad hängt eine Dampfwolke. Er hat vergessen, das kleine Fenster zu öffnen. Auf dem Fußboden liegt ein Berg schmutziger Klamotten. Aufräumen ist nicht seine Stärke.

Das Bett ist noch warm. Eigentlich ist es eine Klappcouch, ziemlich eng für zwei Leute. Ich schlage die Decke zurück, schüttle das Kopfkissen auf.

Seine Bücher interessieren mich nicht besonders. In dem kleinen Regal neben dem Schreibtisch steht eine lange Reihe in roten Plastikeinbänden: *Schönfelder, Deutsche Gesetze*. Ein Fach tiefer: *BGB* und *Grundgesetz der Bundesrepublik Deutschland*.

Auf dem Schreibtisch liegt ein Entwurf für ein Referat, handschriftlich. Ich lese ein paar Sätze, aber genauso gut könnte ich Chinesisch lesen. Wer so was versteht, sogar so was schreiben kann, muss ganz schön was auf dem Kasten haben.

Jura, glaube ich, wäre nichts für mich. Da braucht man für jeden Satz eine Erläuterung.

Das Dachfenster ist gekippt, aber im Zimmer riecht es trotzdem nach Zigaretten. Eigentlich riecht es hier immer nach Zigaretten. Nach Fritz. Nach Sünde.

Ich stoße das Fenster auf, stelle mich auf Zehenspitzen und sehe über die Dächer der Altstadt. Die Sonne scheint auf die roten Ziegel. Draußen ist Frühling.

Also los. Ich schließe das Fenster, schnappe mir meine Tasche mit den Schulbüchern und gehe. Die Viertelstunde ist wahrscheinlich rum. Und wenn nicht, was soll's?

Wie immer schließe ich leise die Tür hinter mir, schleiche die Treppe hinunter, versuche, möglichst kein Geräusch zu verursachen, aber eine der alten Holzstufen knarrt einfach immer. Auf halber Treppe sehe ich: Die Wohnungstür im zweiten Stock ist nur angelehnt. Als ich an ihr vorbei will, wird sie mit einem Ruck aufgezogen und im Türrahmen erscheint – wie die Hexe im Märchen – eine alte Frau mit wirren Haaren, macht einen Schritt vor und greift meinen Arm.

»Mädchen!«, fährt sie mich an. »Du bist doch viel zu jung! Du wirfst dich weg! Du stürzt dich ins Unglück!«

Der Schreck fährt mir in die Glieder, das kann ich nicht leugnen. Aber dann setze ich mich zur Wehr. »Lassen Sie mich los!«, schreie ich.

Sie lockert den Griff und ich ziehe meinen Arm weg.

»Wissen deine Eltern davon?«, sagt die Frau jetzt mit gedämpfter Stimme. »Man sollte die Polizei einschalten, das Jugendamt! Es ist ein Skandal!«

»Das geht Sie überhaupt nichts an!«, sage ich, dränge mich an ihr vorbei und renne die Treppe hinunter.

»Du machst dich unglücklich! Für dein ganzes Leben!«, kreischt sie hinter mir her.

Nicht hinhören, denke ich. Diese Unke! Neidisch ist sie wahrscheinlich, die alte Jungfer!

Nichts wie raus. Weg von diesem vorsintflutlichen Moralgekeife. Auf dem Bürgersteig renne ich immer noch, als würde ich verfolgt.

Irgendwann bin ich aus der Puste, gehe langsam weiter, egal wohin, Hauptsache weg. Es dauert lange, bis sich mein Schreck gelegt hat.

Ohne es zu wollen, bin ich im Stadtpark gelandet. Ich spüre die Sonne auf meinem Gesicht. Kinderlärm vom Spielplatz. Auf einer Bank sitzt eine junge Mutter, die Kinderkarre vor sich. Ein Kleinkind lernt laufen. Den Schnuller im Mund watschelt es drei, vier Meter über den Rasen. Von der Großmutter zur Schwester und zurück, stolz, wenn es nicht hinfällt. Jedes Mal, wenn die große Schwester das Schnullerkind auffängt, dreht sie sich mit ihm auf dem Arm zwei- dreimal im Kreis und das Kind quiekt vor Freude.

Ich setze mich auf eine Bank am Teich und versuche, meine Gedanken zu ordnen. Früher oder später musste es ja so kommen. Ich habe einfach nicht daran gedacht, was ist, wenn unser Mittwoch-Geheimnis entdeckt wird. Aber von der alten Schachtel werde ich mich nicht ins Bockshorn jagen lassen. *Die Polizei holen* – Quatsch, das macht die bestimmt nicht.

Im Winter, fällt mir auf einmal ein, sind wir hier am Teich vorbei zur Bushaltestelle gegangen, die Petersen, Robert und ich.

Wie es aussieht, sind die beiden jetzt fest zusammen.

Sollen sie doch. Von mir aus.

Jedem Tierchen sein Pläsierchen.

Und die beiden Sektgläser auf Fritz Kolbes Spültisch?

Ich stehe auf, gehe weiter. Irgendwohin. Ich muss die Unruhe in mir totlaufen, gehe runter in die Stadt, gucke in Schaufenster, sehe nicht was drin ist, sehe immer nur mein Spiegelbild im Glas.

Es gefällt mir nicht.

TEIL 3

Sommer

ZEITUNGSSPLITTER

+++ Papst Johannes XXIII. gestorben. Erzbischof Montini wird zum Papst Paul VI. gewählt.

+++ Eine Anzeige der Commerzbank: »Geld leicht verdienen. Wer möchte das nicht? Durch prämienbegünstigtes Sparen vermehren Sie Ihr Sparkapital zwischen 38 % und 54 % ...«

+++ Ein Jugendlicher schlägt den Inhaber einer Leihbücherei, weil der ihm keine Krimi- und Sexliteratur ausleihen wollte. Strafe: 100 Stunden gemeinnützige Arbeit und 12 Werke der Weltliteratur lesen und darüber berichten.

+++ Zwischen Washington und Moskau wird ein »heißer Draht« eingerichtet.

+++ Nach Ansicht des UNO-Generalsekretärs U. Thant ist die Welt im Augenblick noch nicht reif für eine ständige Streitmacht oder Polizeitruppe der Vereinten Nationen.

+++ Mit der 26-jährigen Walentina Wladimirowna Tereschkowa befindet sich zum ersten Mal eine Frau im Weltraum.

+++ Der amerikanische Präsident John F. Kennedy wird bei einem viertägigen Besuch in der Bundesrepublik Deutschland begeistert empfangen. Höhepunkt ist die Rede Kennedys vor einer Million Menschen in Berlin. Unter stürmischem Jubel der Berliner Bevölkerung spricht der amerikanische Präsident die Überzeugung aus, dass der Tag der Wiedervereinigung Berlins und Deutschlands kommen werde. »Wenn dieser Tag der Freiheit kommt, Ihr Land wiedervereinigt und Europa geeint ist, dann können Sie von sich sagen, dass Berlin und die Berliner 20 Jahre lang die Front gehalten haben.« Was von den Berlinern gelte, das gelte auch von Deutschland. In den letzten 18 Jahren habe diese Generation der Deutschen sich das Recht verdient, frei zu sein. Viel umjubelt wird Kennedys Satz: »Ich bin ein Berliner!«

+++ An der deutsch-deutschen Grenze im Harz wird vor den Augen von Hunderten von Menschen auf der westlichen Seite ein Mann beim Fluchtversuch erschossen.

+++ »Hoffnung für die ganze Welt«: Der Vertrag über das Testverbot von Atomwaffen wird in Moskau unterzeichnet. Nur Frankreich und China unterschreiben nicht.

+++ Erdbebenkatastrophe in Mazedonien: »Hohe Gebäude stürzen in Skopje wie Kartenhäuser zusammen.« Es werden mehr als zweitausend Tote befürchtet. 100 000 Menschen werden obdachlos.

+++ Überfall auf einen Postzug in England. »... Eine motorisierte Räuberbande überfiel einen Postzug, entführte die Lokomotive und zwei Postwagen mit Bargeld und Wertsendungen ...«

+++ »Den Vereinigten Staaten droht jetzt die Gefahr, in die Krise hineingezogen zu werden, die die Regierung von Südvietnam durch die Unterdrückung der Buddhisten heraufbeschworen hat ...«

+++ »Der Marsch auf Washington. Unter dem Marmordenkmal des Sklavenbefreiers Abraham Lincoln haben zweihunderttausend farbige und weiße Amerikaner in einer friedvollen, machtvollen Kundgebung die vollen Bürgerrechte für die farbige Bevölkerung der Vereinigten Staaten gefordert ...«

+++ Der 24. August ist der erste Spieltag der neu gegründeten Fußball-Bundesliga. (Die Ergebnisse: München 60 – Eintracht Braunschweig 1:1; Preußen Münster – Hamburger SV 1:1; 1.FC Saarbrücken – 1.FC Köln 0:2; Karlsruher SC – Meidricher SV 1:4; Eintracht Frankfurt – 1.FC Kaiserslautern 1:1; Schalke 04 – VfB Stuttgart 2:0; Hertha BSC – 1.FC Nürnberg 1:1; Werder Bremen – Borussia Dortmund 3:2)

+++ Lang anhaltende Sommerhitze in Deutschland. Andrang in den Freibädern.

ROBERT

Tagebucheinträge Sommer 1963

Montag, 15. Juli, fünf Uhr morgens

Wir treffen uns mit schwer bepackten Fahrrädern vor unserer Schule: Jonas, Ingo, Ingos Vetter Lars und ich. Feriengefühl bis in die Zehenspitzen: vierzehn Tage ohne Eltern, vierzehn Tage ohne Lehrer, vierzehn Tage Freiheit.

Noch kein Auto weit und breit. Der erste Mensch, den wir sehen, ist ein kleiner, buckliger Zeitungsausträger. Jonas fragt übermütig: »Wo geht es hier nach Holland?« Der Mann mustert uns, als wären wir Außerirdische. Dann grinst er, streckt seinen Arm aus und sagt: »Immer geradeaus!«

Der Running Gag für den Tag: *Immer geradeaus!*

Dass Jonas mitkommt, ist toll. Er war unsicher, ob er seine Mutter zwei Wochen allein lassen sollte. Aber am Ende hat sie darauf bestanden, dass er fährt. Als eine Art Belohnung dafür, dass er Ostern doch versetzt worden ist. Der Nachtjäger hat es nicht geschafft, ihn kleinzukriegen. Ein Jahr haben wir jetzt noch zusammen. Danach fängt was Neues an.

Lars ist ein Jahr älter als wir, Gymnasiast, wohnt in Berlin. Die Sommerferien verbringt er jedes Jahr mit seinem Vetter Ingo zusammen. Ich habe ihn heute zum ersten Mal gesehen und finde ihn ganz in Ordnung. Mal sehen.

Wir treten mächtig in die Pedale und lassen Kilometer um Kilometer hinter uns. Ingo mit der Karte am Lenkrad vorn, dahinter Lars, dann Jonas, ich hinten.

Gegen fünf stellt Ingo fest, dass wir an dem Zeltplatz, auf dem wir übernachten wollten, längst vorbei sind. In einem kleinen Dorf in Westfalen fragen wir einen Bauern, ob wir auf der Wiese hinter seinem Haus zelten dürfen. Der Bauer sieht uns misstrauisch an und will wissen, woher wir kommen.

»Aus Berlin«, sagt Lars.

»Wo der Kennedy gerade war?«, fragt der Bauer und wird neugierig.

»Wir waren dabei«, sagt Lars. »Ich bin ein Berliner.«

Und schon sind wir willkommene Gäste.

Es wird ein munterer Abend auf der Wiese hinter dem roten Backsteinhaus. Wir sammeln Holz für ein Lagerfeuer, und Maike, die Tochter des Bauern, schleppt eine Pfanne an, dazu Schinken und Eier und Brot. Kurz darauf kommt auch ihre Freundin Andrea. Zwei andere Mädchen stehen am Gartenzaun und trauen sich nicht her zu uns. Für die Leute in diesem kleinen Dorf sind wir offenbar ein Ereignis: Vier Jungen aus Berlin, die Kennedy live gesehen haben. Irgendwie lustig, diese Rolle zu spielen. Der unumstrittene Star ist Lars mit seiner Gitarre.

Um halb zehn, als wir gerade richtig in Schwung sind, kommt der Bauer und holt die Mädchen weg. Sie wollen ihm noch eine halbe Stunde abbetteln, aber er bleibt hart. Vier Jungen aus der Großstadt, das ist ihm offenbar zu gefährlich für seine Tochter.

Es ist jetzt sechs Uhr morgens. Über den Wiesen vor dem Dorf liegt ein dünner Nebelschleier. In der Ferne das Rauschen der Autobahn.

Komisches Gefühl, weit weg von zu Hause und irgendwie ein Anderer zu sein.

Dienstag, 16. Juli

Die erste Panne, der erste Umweg. Ein Platter an Jonas' Hinterrad. In der nächsten Stadt in ein Fahrradgeschäft. 20,- DM für die Reparatur. Wir legen zusammen, jeder 5,- DM. Mittags wieder Affenhitze. Wir sind dann ins Freibad. Es tat gut, die wund gescheuerten Hintern ins Wasser zu halten. Zu Mittag Bockwurst, Kartoffelsalat und Limo. Erste Ansichtskarte an Britta. *Wir fahren nach Holland. Immer geradeaus.* Nichts von Panne, nichts von Umweg, nichts von den westfälischen Mädchen. Auf so eine Ansichtskarte passt nicht viel drauf.

Aufbruch gegen halb sechs. Immer noch heiß. Ingo und Lars wollen in das Dorf zurück wegen Maike und Andrea. Jonas und ich sind dagegen. Wir wollen weiter Richtung Holland. Beinahe Streit. Wieder auf einer Wiese neben einem Bauernhof die Zelte aufgebaut. Keine Mädchen diesmal, nur ein mittelaltes Ehepaar, freundlich, hilfsbereit und redselig.

In der Nacht hören wir seltsame Geräusche. Wie Flüstern aus vielen Kehlen, ein immerwährendes Wispern. Es kommt aus dem langen, niedrigen Backsteingebäude, hundert Meter von unseren Zelten entfernt. Wir schleichen uns hin. Die Tür ist nur angelehnt, und was wir dahinter entdecken, verschlägt uns den Atem: eine riesige Halle, endlose Reihen mit engen Käfigen, von Wärmelicht bestrahlt, in jedem Käfig ein Huhn, zwei-, dreitausend Hühner mindestens. Viele mit nackten Stellen im Federkleid, als hätte man sie bei lebendigem Leibe gerupft.

»Diese Verbrecher!«, flüstert Ingo.

»Man müsste die jetzt alle freilassen«, sagt Jonas.

»Das bringt nichts«, sagte Lars. »Die würden bald krepieren. Die könnten mit Freiheit nichts mehr anfangen.«

Wir sind wütend, aber was sollen wir machen? Abhauen? Den Leuten die Fensterscheiben einschlagen? Komisch. Es gibt so viele Sachen, die man ändern müsste. Aber man ist hilflos. Oder hat nicht den Mut, sich einzumischen. Wir haben noch lange zusammengehockt und geredet. Gegen drei Uhr morgens hundemüde in die Schlafsäcke gekrochen.

Mittwoch, 17. Juli

Jonas hat sich eine leere Seite aus meinem Tagebuchheft gerissen. Mit rotem Filzstift malt er darauf das Wort *Hühnermörder!* Das haben wir in die Türspalte der Folterhalle geklemmt. Es wird gerade hell, da fahren wir los. Auf der Straße vor dem Wohnhaus brüllen wir: »Hühnermörder! Hühnermörder!« Lars findet das kindisch. Würde gern wissen, was Britta gemacht hätte an unserer Stelle.

Endlich in Holland. Ich bin zum ersten Mal in einem anderen Land. Trachten, Holzschuhe, Tulpen – viel mehr weiß ich eigentlich nicht von Holland. Wir fahren über die Rheinbrücke in Arnhem. Lars, der Gymnasiast, weiß, dass hier 1944 eine große Schlacht stattfand. Die letzte, die die deutsche Wehrmacht gewonnen hat, bevor die Alliierten in Deutschland einmarschiert sind. Die Stadt ist ziemlich zerstört worden damals. Die Bevölkerung von den Deutschen verjagt. Das ist noch keine zwanzig Jahre her. »Vielleicht hat der Nachtjäger hier seine Bomben abgeladen«, sagt Jonas. Komisches Gefühl, über diese Brücke zu fahren.

Gegen Abend in Zaltbommel. Ingo hat hier eine Adresse. Ein Arbeitskollege seines Vaters, der schon mal bei ihnen zu Hause zu Besuch war. Maartje und Willem Colemans sind einfach umwerfend. Sie eine blonde Lachkatze, Mitte vierzig, er ein Grandseigneur mit grauen Schläfen, den scheinbar nichts aus der Ruhe bringt. Wir können zu viert bei ihnen übernachten und morgen will uns Willem mit nach Amsterdam nehmen, wo er arbeitet.

Am Abend Stadtbummel durch Zaltbommel. Viele Geschäfte haben bis in die Nacht hinein geöffnet. Die Holländer haben keine Gardinen vor den Fenstern. Bei manchen Häusern kann man von der Straße bis in den Hinterhof gucken.

Donnerstag, 18. Juli

Mit Willem Colemans im Auto nach Amsterdam.

Auf Museen und Kirchen sind wir nicht besonders wild. Nur das Haus, in dem sich Anne Frank und ihre Familie während des Krieges versteckt haben, schauen wir uns an. Für zwei, drei Stunden sind wir wie aus der Zeit gefallen. Eigenartig, in diesen Räumen herumzulaufen. An einer Wand noch

Fotos von Filmstars, von ihr selbst da hingehängt. Seltsam die Vorstellung, dass sie Angst haben musste vor den deutschen Soldaten, zu denen auch unsere Väter gehörten. Seltsam auch, aus diesem Haus zu kommen, die Sonne im Gesicht, unter fröhlich lachenden Menschen zu sein, an den Grachten entlangzuschlendern und zu denken, wenn das alles nicht passiert wäre, dann würde sie uns jetzt vielleicht begegnen. Vierunddreißig Jahre wäre sie jetzt, jünger als meine Mutter.

Die alten Backsteinhäuser mit den prächtigen Giebeln – Treppengiebel, Halsgiebel, Glockengiebel, Schnabelgiebel, klassizistische Giebel – die Grachten, die Brücken, die Hausboote, die bunt bemalten Drehorgeln, Heerscharen von Radfahrern, Straßencafés unter alten Bäumen, der Himmel blau, fast wolkenlos, Lachen, vielsprachiges Stimmendurcheinander und wir mittendrin. Eine Großstadt, ja, und doch kommt mir Amsterdam wie ein großes Dorf vor. Ich kaufe zwei Ansichtskarten, eine für Britta, eine für meine Eltern.

Wir leisten uns ein Mittagessen in einem indonesischen Restaurant. Krabbenchips und Nasi Goreng mit Hähnchenfleisch und Garnelen.

Brütende Hitze auf dem Dam, dem großen Platz vor dem Königspalast. Von Königin Juliana und ihrem Prinz Bernhard keine Spur. Wir latschen zum Hafen und wieder zurück, kommen an einem Flohmarkt vorbei und sehen eine Weile einer Versteigerung von herrenlosen Fahrrädern zu. Weil wir ziemlich k. o. sind, flüchten wir uns vor der Hitze in einen großen Park mitten in der Stadt. Wie setzen uns ins Gras unter alten Bäumen und beobachten Angler, Rocker, krabbelnde Kleinkinder, lächelnde Greise, Liebespaare, Mütter mit Kinderwagen, Schachspieler, Sonnenanbeter.

Um fünf treffen wir uns wieder mit Willem Colemans vor seiner Firma. Er spendiert jedem ein Eis und erzählt uns, was wir alles nicht gesehen haben und beim nächsten Mal unbedingt nachholen müssen.

Samstag, 20. Juli

Scheveningen, Campingplatz Kijkduin. Gestern kein Tagebucheintrag. Zu kaputt von der langen Fahrt.
Endlich am Meer. Badetag. Lange Strandwanderung allein. Steine und Muscheln gesammelt. Bisschen Sonnenbrand. Als ich zurückkomme, ist Lars weg. Hat sich mit Jonas gestritten, sagt Ingo, ist mit dem Bus in die Stadt nach Den Haag rein. Von Jonas kein Wort.
Zum ersten Mal schlechte Stimmung. Jeder geht jedem auf den Wecker irgendwie.

Sonntag, 21. Juli

Lars ist wieder da. Stimmung viel besser. Wahrscheinlich wegen der englischen Mädchen. Heute Morgen haben sie ihr Luxuszelt neben unseren beiden Hundehütten aufgeschlagen. Helen, Kate, Susan und Carolyn. Aus London, sagen sie. Kichern und lachen und machen uns schöne Augen. Vier Mädchen, vier Jungen. Wie bestellt.
Klar wollen die was von uns, sagt Lars. Er ist unser Wortführer und wir lassen ihn. Er erzählt den Mädchen das Blaue vom Himmel. Natürlich kommen wir alle aus Berlin. Ingo ist

der Sohn eines berühmten Rennfahrers, Jonas' Eltern sind beide Filmschauspieler, ich stehe kurz davor, meinen ersten Roman zu veröffentlichen und er selbst, Lars, ist Leader einer Band, von der man demnächst viel hören wird.

»We are very famous guys, you know«, sagt Lars.

«Oh! Amazing!«, sagen die Mädchen und kichern.

Montag, 22. Juli

Sieben Uhr morgens. Unter Apfelbäumen am Straßenrand, irgendwo hinter Den Haag. Nur Jonas und ich. Die englischen Mädchen haben verrückt gespielt. Und Lars ...

Der Reihe nach: In der Nacht war Gewitter. Es fing so gegen neun an mit Wetterleuchten und fernem Donnergrollen. Dann kam der Regen. Von einer Minute auf die andere schüttete es wie aus Kübeln und die Abstände zwischen Blitz und Donner wurden immer kürzer. Stürmischer Wind. Das große Zelt der Engländerinnen bot viel Angriffsfläche und schwankte bedenklich. Die Mädchen hielten die Zeltstangen fest und kreischten: »Boys, come, come! Help, help!«

Haben wir natürlich gemacht. Das Ganze artete schon bald in eine einzige Alberei aus. Das Gewitter hat nicht lange gedauert, aber wir waren noch eine ganze Weile im Zelt der Mädchen. Kann sein, sie wussten selber nicht so genau, was sie wollten. Hat ihnen scheinbar Spaß gemacht, uns heiß zu machen. Irgendwann sind wir dann doch wieder in unsere Zelte zurück, Lars und Ingo in ihr kleines graues, Jonas und ich in unser gelbes.

Die Mädchen konnten sich offenbar nicht beruhigen. Vom

Gewitter war längst keine Spur mehr, aber wir hörten sie immer wieder rufen: »Boys, boys! Come, help!« Danach Gelächter und nervöses Kichern.

Plötzlich steckte Lars den Kopf in unser Zelt. »Los!«, sagte er mit belegter Stimme. »Wir legen sie flach. Das wollen die doch. Los, kommt!« Er drehte sich um und wir hörten, wie er auf Ingo einredete.

Jonas sah mich an. Er schüttelte den Kopf. »Nee«, sagte er. »Das machen wir nicht.«

Ich war froh, dass er das gesagt hatte. Trotzdem pellten wir uns aus unseren Schlafsäcken. Vielleicht konnten wir wenigstens Ingo zurückhalten.

Zu spät. Sie waren schon im englischen Zelt verschwunden und wurden mit Lachen und Kreischen empfangen. Aber es dauerte nicht lange, da veränderte sich der Ton. Statt Übermut schwang jetzt Panik in den Stimmen der Mädchen. »Bastard!«, schrien sie. Und: »Dirty bugger!«

Ein wahnsinniges Durcheinander. Das Zelt wackelte.

»Aufhören!«, riefen Jonas und ich. »Hört doch auf!«

Als die Mädchen sahen, dass auch wir im Zelteingang standen, warfen sie blindlings irgendwelche Gegenstände nach uns. Wir mussten in Deckung gehen.

Plötzlich sprang Helen aus dem Zelt, schoss an uns vorbei und rannte über den Campingplatz davon.

Leute aus den Nachbarzelten standen auf einmal um uns herum, gestikulierten und empörten sich auf Holländisch und Englisch.

Dann kam Lars wutentbrannt aus dem Zelt gestampft und schrie: »Blöde Zicken, blöde!« Er sah die vielen Leute, wollte in sein Zelt zurück, aber da stand plötzlich der Campingplatzaufseher vor ihm, riesenhaft, breitschultrig, und packte ihn am Schlafittchen.

Der Aufseher interessierte sich einen Dreck um unsere gestammelten Versuche einer Erklärung. Für ihn waren wir »schreckliche Nazikinder«, die seinen Campingplatz auf der Stelle zu verlassen haben. »Hitlerjugend go home!«, brüllte er immer wieder und ein paar der umstehenden Leute klatschten Beifall.

Hastig bauten wir unsere Zelte ab und packten alles auf die Fahrräder. Die englischen Mädchen beobachteten uns schweigend. Dann schoben wir unsere schwer bepackten Räder über den Platz. Die Mädchen sahen hinter uns her und eine rief: »Sorry, boys, that wasn't fair!« Daraus soll man nun klug werden.

Aber der größte Hammer kam erst. An der Kreuzung hinter dem Campingplatz blieb Lars stehen und schrie uns an: »Ihr schwulen Säue! Ihr feigen Säcke! Nichts kann man mit euch anfangen! Ich fahre keinen Meter mehr mit euch, ihr Schwuchteln!«

Ingo tat mir leid. Lange versuchte er, seinen Vetter umzustimmen, doch der blieb dabei: keinen Kilometer weiter mit uns Babys. Ingo entschied sich schließlich dafür, mit Lars zu fahren, und wir trennten uns. Sie fuhren rechts ab, wir links. Hoffentlich begegnen wir uns nirgendwo auf der Rückfahrt. Ich habe eine Stinkwut.

Dienstag, 23. Juli

Über Utrecht Richtung Zwolle. Windmühlen, Heide, Wald, kleine Seen. Campingplatz in der Nähe von Hoorn am IJsselmeer. Den ganzen Tag über an die Sache von Sonntagnacht gedacht. Wir müssen uns jetzt selber orientieren, können uns nicht mehr einfach an Ingo und Lars anhängen. Am Ende aber gut, dass wir Lars los sind, die Knalltüte. Ohne es richtig zu merken, haben wir uns immer mehr nach dem gerichtet. Er hat sich zum Anführer gemacht und wir haben es zugelassen. Aus reiner Bequemlichkeit. Und beinahe hätte er uns in eine saudumme Sache reingezogen. Ich bin froh, mit Jonas allein zu sein.

Am Abend Pizza essen in Hoorn. Auf dem Rückweg zum Zeltplatz gutes Gespräch über Freundschaft und Liebe und so. Wir sind uns einig: Freundschaft und Liebe sind das Wichtigste überhaupt. Aber das eine wie das andere funktioniert nur freiwillig. »Flachlegen« ist so ziemlich das Gegenteil.

Vielleicht bleiben wir noch einen oder zwei Tage am IJsselmeer.

Mittwoch, 24. Juli

Affenhitze. Schwül, aber kein Gewitter. Große Flaute. Selbst im Wasser ist es zu warm. Kaum Schattenplätze. Den Tag vergammelt. Am Marktplatz von Hoorn in einem Café Eis gegessen. Freundlicher alter Herr an unserem Tisch. Könnte Lehrer gewesen sein, vielleicht für Geschichte. Sah ein bisschen aus wie unser Dr. Freytag. Hat gut Deutsch gesprochen und uns eine Menge erzählt über einen gewissen Jan Pieterszoon Coen, dessen Denkmal auf dem Platz vor dem Café steht. J.P.Coen war Generalgouverneur der niederländischen Ostindien-Kompanie im 17.Jahrhundert. Ziemlich übler Bursche. Hat ganze Städte niedergebrannt und massenhaft Einheimische in Indonesien umbringen lassen. Alles wegen Macht und Geld. So war das eben oft in der Geschichte. Auf die Kolonialzeit, sagt der alte Herr, kann er nicht stolz sein. Er schämt sich, dass dieser Mensch aus Hoorn stammt und dass man ihm auch noch ein Denkmal errichtet hat. Das Gespräch mit ihm hat uns gutgetan nach den »Nazikindern« des Campingwarts. Dass sich einer für etwas schämt, wofür er gar nichts kann ...

Auf der Post telefoniert. Bei Jonas ist alles in Ordnung. Bei uns hat keiner abgenommen.

Donnerstag, 25. Juli, morgens, halb sechs

Weiß nicht, was ich denken soll. Alles ist durcheinander. Kaum geschlafen in der Nacht. Viel zu warm im Zelt. Jonas neben mir, mein bester Freund. Wegen der Hitze sind wir nicht in die Schlafsäcke gekrochen. Lange über alles Mögliche geredet. Auf einmal spüre ich seine Hand auf meiner Schulter, er streichelt mich, sieht mich an und sagt mit einer ganz anderen Stimme, entrückt irgendwie: »Robert, hast du schon mal jemanden geküsst?«

Die Frage hängt in der stickigen Zeltluft. Die blödesten Gedanken stürzen auf mich ein. Ich bin verwirrt. Kann das sein? Jonas ist mein bester Freund und ich kenne ihn überhaupt nicht?

»Ja«, sage ich. »Britta.«

Er versteht sofort. Zieht seine Hand zurück und sagt: »Ach so.« Dreht sich auf die Seite, mit dem Rücken zu mir.

Ich weiß nicht, was ich sagen soll. Irgendetwas muss ich doch jetzt sagen, denke ich.

»Wollen wir darüber reden?«, bringe ich schließlich raus.

»Mach dir keinen Kopf«, sagt er. Dann: »Lass mich jetzt schlafen.«

Natürlich ist er nicht sofort eingeschlafen. Ich auch nicht. Die halbe Nacht über habe ich gegrübelt. Was ändert das an unserer Freundschaft?

Nichts, habe ich beschlossen. Jonas ist und bleibt mein bester Freund. Wieso soll sich da was ändern? Ich lasse mir unsere Freundschaft nicht zerquatschen. Von solchen Leuten wie Lars schon lange nicht.

Es wird hell. Vom Meer kommt eine frische Brise. Morgens ist es am besten auszuhalten, der Kopf einigermaßen klar.

Wir frühstücken im Schatten einer großen Kastanie. Alles ist wie immer zwischen uns. Wir müssen nicht reden.

»Bleiben wir noch?«, fragt Jonas.

»Klar«, sage ich. »Solange das Wetter hält.«

Vier Tage haben wir noch. Sonntag müssen wir zurück sein.

»Weißt du noch, wie wir los sind?«, fragt Jonas. »Der alte Zeitungsausträger?«

»Immer geradeaus!«, sage ich.

Kein Zweifel, das werden doch noch richtig gute Sommerferien.

BRITTA

Jetzt steigt Oliver schon zum dritten Mal auf den Zehnmeterturm. Ohne zu zögern, geht er bis zum Rand vor und blickt in die Tiefe. Von da oben, weiß ich, sieht das Wasserbecken winzig klein aus; man denkt unwillkürlich, man springt daneben.

Oliver wartet. Alle sehen zu ihm hoch. Sehen seinen athletischen Körper in der roten Badehose. Schließlich die Stimme des Bademeisters durch den Lautsprecher: »Spring!«

Er fährt sich mit den Fingern durch die schwarzen Locken. Dann streckt er die Arme nach vorn, geht in die Knie und springt kopfüber ab.

Ich mag nicht hinsehen und tue es natürlich doch. Manchmal kommen die Turmspringer ins Flattern und klatschen mit Brust und Bauch auf. Aber Oliver hält den Körper vorbildlich gestreckt und taucht ins Wasser, dass es kaum spritzt.

»Wow!«, sagt Elke auf dem Handtuch neben mir und die Jungen, die sich auf ihrer Decke fünf Meter neben uns gelagert haben, johlen und applaudieren. »Stark, Olli!«

Elke schenkt mir einen bedeutungsvollen Seitenblick. »Du weißt schon, für wen der das macht?«

»Ach komm«, sage ich und ärgere mich, dass ich rot werde dabei.

Elke ist die Erste und bisher Einzige in meiner neuen Klasse, von der ich mir entfernt vorstellen kann, irgendwann mal mit ihr befreundet zu sein. Vorhin, als ich mit Kathi an der Kasse stand, haben wir Elke zufällig getroffen. Es hat sich so ergeben, dass wir dann zu dritt rein sind.

Meine neue Schule, meine neue Klasse: eine einzige Katastrophe. Wir sind eine reine Mädchenklasse. Cliquenwirtschaft, Streberinnen, ständige Eifersüchteleien. Keine Schülerzeitung. Keine Lehrerin wie Tilla Thorwald. Die Jungen aus der Parallelklasse: wie die Gockel auf dem Hühnerhof. Es gibt eine Hackordnung an dieser Schule, die ich noch nicht durchschaut habe. Mir ist, als wäre ich in ein tiefes Loch gefallen, ich fühle mich wieder fremd, schlimmer noch als nach unserem Umzug von Stralsund hierher.

Eine Woche nach Schulanfang habe ich gedacht, ich werfe alles hin, kehre reumütig zurück in meine alte Klasse, krieche vor Rektor Lauenstein zu Kreuze. Was habe ich mir eingebildet? Dass sich die Welt verändert, wenn ich die Schule wechsle? Die Lehrer auf der Albert-Schweitzer-Schule sind kein bisschen besser als die auf der Pestalozzi. Für Preissler, unseren Klassenlehrer, war ich am Anfang wie ein Zootier. Er hätte mich gern als lebendiges Anschauungsmaterial für »Unrecht und Diktatur hinter Stacheldraht und Mauer« benutzt. Den Gefallen habe ich ihm nicht getan, habe seiner Erwartung nicht entsprochen, die DDR vor der Klasse durch den Kakao zu ziehen. Habe nur ein bisschen von Stralsund erzählt, dass es eine schöne Stadt ist, und dass ich das Meer vermisse und meine Freunde dort. Das hat ihn nicht interessiert und seitdem fragt er mich nichts mehr. Inzwischen hat er wahrscheinlich auch von meinem Streit mit Rektor

Lauenstein gehört, denn er behandelt mich jetzt wie ein rohes Ei, wie einen Störenfried, dem man am besten aus dem Wege geht. Und viele in meiner neuen Klasse machen das genauso.

Aber jetzt liege ich auf meinem Handtuch im Freibad, links Elke, rechts Kathi, und gerade geht Oliver, der Turmspringer, mit wippendem Schritt zur Jungen-Decke neben uns zurück und wird mit Triumphgeheul empfangen. Tatsächlich trifft mich sein Beifall heischender Seitenblick.

»Wer zuerst im Wasser ist!«, rufe ich Kathi und Elke zu, springe auf und renne zum Becken. Schwimmen ist das Beste, was man bei dieser Hitze machen kann.

Nur Kathi ist mir nachgekommen. Sie schwimmt neben mir und sagt kein Wort. Seit wir Elke getroffen haben, ist sie schweigsam wie selten.

Nach dreimal Hin-und-Herschwimmen steigen wir aus dem Wasser, gehen zum Kiosk hinüber, an dem sie Eis verkaufen, und stellen uns in die Schlange.

»Was ist los, Kathi?«, frage ich. »Warum sagst du nichts?«

»Was soll los sein?«

»Sag schon. Du hast doch was.«

Sie zögert, fährt mit dem großen Zeh langsam über eine Fuge zwischen den Betonplatten, dann hebt sie den Kopf und sieht mich an.

»Schön für dich, dass du so schnell neue Freunde gefunden hast …«

»Was habe ich?«

»… Königin Britta …«

»So ein Quatsch! Kathi, was soll das?«

»Schon gut, Britta. Lass gut sein …«

»Überhaupt nichts ist gut!«, sage ich und schreie es fast.

»Ich habe keine Freundin! Und die Jungen ...«

Die Jungen – das ist Kathis wunder Punkt. Schon früher, bei all unserer Blödelei und Ausgelassenheit war da manchmal eine Spur von Eifersucht zu spüren. Kathi ist keine, nach der sich die Jungen umdrehen. Sie kann nichts für ihren pummeligen Körper, sagt sie, das liegt in ihrer Familie.

»Hör mal, Kathi. Es ist alles ganz anders, als du denkst. Die Jungen sind mir vollkommen schnuppe. Und Elke ist nicht meine Freundin. Sie geht nur in meine Klasse ...«

»Ich habe doch Augen im Kopf, Britta.«

Allmählich steigt die Wut in mir auf. »Sturkopf!«, sage ich und drehe ihr den Rücken zu.

»Ja«, sagt sie hinter mir. Nichts weiter.

Ich drehe mich wieder um und lege ihr die Hand auf die Schulter. »Entschuldige, Kathi. Den Sturkopf nehme ich zurück.«

»Musst du nicht«, sagt sie.

»Was darf's sein, Prinzessin?« Die Stimme des Eisverkäufers. Er grinst mich an, irgendwie lüstern, denke ich und bereue, dass ich nicht mein T-Shirt übergezogen habe, sondern im knappen Bikini vor ihm stehe.

»Vanille, Erdbeer«, sage ich möglichst unfreundlich.

Kathi grinst und ihre Augen sagen: Siehste, sogar der dicke Eisverkäufer ...

Wir setzen uns auf den Rand des Kinderplanschbeckens und lecken schweigend unser Eis. Als wir zu unseren Handtüchern zurückgehen, sagt Kathi: »Ich muss jetzt los.«

»Ich komme mit«, sage ich sofort.

»Nee, Britta«, sagt sie. »Bitte nicht. Ich will jetzt lieber allein sein. Du kannst mich ja mal anrufen.«

Tatsächlich packt sie ihre Sachen zusammen und geht. Mir ist zum Heulen.

Die drei Jungen nehmen Kathis Abgang offenbar als Aufforderung zum Annäherungsversuch. Sie breiten ihre Decke noch ein Stück näher neben Elke und mir aus und grinsen zu uns rüber.

»Deine Freundin von der Pestalozzi?«, sagt Oliver und fährt sich durch die feuchten schwarzen Locken.

Ich nicke.

»Wieso bist du eigentlich da weg?«, fragt Jens, der Satellit von Oliver.

Ich habe überhaupt keine Lust zu reden. Kathis schweigender Vorwurf liegt mir im Magen. Mir ist, als würde ich jetzt mit jedem Wort meine Freundin verraten.

»Ach, das ist eine lange Geschichte«, sage ich schließlich.

»Jörg Buschmann sagt, du hast dich mit dem Rektor gefetzt«, sagt der dritte Junge, ein kleiner, schwabbeliger, der, glaube ich, Detlef heißt.

»Jörg Buschmann weiß das ja auch ganz genau«, sage ich.

»Ganz schön mutig«, sagt Oliver. »Der Pestalozzi-Rektor soll ein scharfer Hund sein, habe ich gehört.«

»Wegen der Schülerzeitung, nech?«, sagt Elke. »Ihr habt da eine Schülerzeitung gemacht.«

Die Buschtrommeln. Also ist alles längst rum.

»Schülerzeitung?«, sagt Jens. »Dann bist du die Freundin von Robert. Robert Hoffmann?«

Ich antworte nicht.

Das Wort *Freundin* hat ihre Aufmerksamkeit angespitzt. Sie feixen. Nur der schöne Oliver sieht aus, als wäre er enttäuscht.

»Merkst du was, Olli?«, kräht Glaube-ich-Detlef. »Du musst dich anstrengen! Noch mal auf den Turm!«
Sie lachen, auch Elke lacht.
So locker kann ich jetzt nicht sein. Zu viel geht in meinem Kopf durcheinander. Ich kann jetzt nicht blödeln. Das geht nur mit Kathi. Und auch über Robert und die Schülerzeitungssache will ich jetzt nicht reden.
Ich stehe auf, falte mein Handtuch zusammen. »Bis dann«, sage ich und gehe.
»He«, ruft Elke hinter mir her. »Was soll denn das bedeuten?«
»Die Dame redet nicht mit jedem«, höre ich noch einen der Jungen. »Die Dame hält sich für was Besseres.«
Nach den Ferien wird es noch schwerer für mich in der neuen Schule werden, das kann ich mir ausrechnen.
Ich hoffe, dass ich Kathi noch zwischen den Umkleidekabinen treffe.
Aber ich sehe überall nur fremde Gesichter.

Eine seltsame Unruhe ist in mir. Nach Kathis Abgang spüre ich sie wieder deutlich. Ich glaube immer mehr, dass ich einen großen Fehler gemacht habe. Aus Stolz und Trotz habe ich die Schule gewechselt, habe aufgegeben, was mir in den vergangenen zwei Jahren vertraut und wichtig geworden war. Bin ich nur weggelaufen, weil es mal schwierig geworden ist? Rasmus sagt das, mein großer Bruder. »Euer Rektor Lauenstein«, sagt er, »der ist vielleicht nur ehrlicher als alle anderen. Der bringt euch bei, wo's langgeht in der Welt, wie sie nun mal ist. Damit ihr euch auskennt später. Damit ihr keine Traumtänzer werdet.«

Auch meine Eltern haben ihm nicht widersprochen. »Hier ist es besser als in der DDR«, sagen sie. »Hier kannst du wählen. Kannst selber entscheiden, was du werden willst. Grenzenlose Freiheit gibt es nirgendwo.«

Und selbst Onkel Erik habe ich inzwischen von einer anderen Seite kennengelernt. Nichts mehr mit »Wer widerspricht, muss dazu stehen«. Das Trara um meinen Schulwechsel hat ihn mürbe gemacht. Jetzt sagt er: »Was man nicht ändern kann, damit muss man leben«. Tante Almut habe das meisterlich gekonnt: Das eigene Ding machen, so gut es eben geht. Mehr nicht. Die Weltverbesserer hätten in der Geschichte am Ende immer nur Unheil angerichtet.

Ich fühle mich ganz allein. Bin ich nicht geeignet für die Freiheit? Habe ich zu viele Illusionen? Unerfüllbare Wünsche? Bin ich zu dumm, zu naiv? Alle in meiner Familie haben sich inzwischen irgendwie eingerichtet. Sie wollen nicht ein zweites Mal gegen den Stachel löcken. Sie wollen endlich ihre Ruhe.

In Kirchwalde steige ich aus dem Bus, und während ich über den Schotterweg auf unser Haus zugehe, merke ich auf einmal, dass meine Schritte immer langsamer werden. Ich kann jetzt nicht hineingehen und so tun, als wäre nichts. Ich stelle meine Sporttasche mit den Badesachen hinter der Gartenpforte ab, folge dem Weg an der Kapelle vorbei ein Stück aufwärts in den Wald hinein und setze mich auf einen umgefallenen Baumstamm. Die Abendsonne scheint durch das Gewirr der Äste, es ist immer noch warm. Vögel singen. Insekten schwirren durch die Luft. Eine Libelle im Zickzackflug, mal hierhin, mal dahin. Es ist gut, allein zu sein.

Was soll ich machen? Mich bei Rektor Lauenstein bedanken für seine Lektion, wie Rasmus es vielleicht gut finden würde?

Nein. Das könnte denen so passen. Mein Schulwechsel war vielleicht ein Fehler, mein Widerspruch nicht. Wenn ich etwas weiß, dann das.

Vielleicht gibt es ja doch ein paar Menschen, die das verstehen werden. Robert vielleicht. Aber der ist in Holland.

Am Abend sitze ich in meinem Zimmer und schreibe an meine Freundin Silke in Stralsund:

Liebe Silke,
wir haben lange nichts voneinander gehört. Dein letzter Brief, sehe ich gerade, liegt fast ein Vierteljahr zurück. Seitdem ist hier so viel passiert. Und ich bin in einer verdammten Zwickmühle.
Aber eins nach dem anderen.
Heute habe ich sehr an Dich denken müssen. Wie das wäre, wenn wir in Stralsund und wenn wir Freundinnen, nicht nur Brieffreundinnen, geblieben wären. Ich stelle mir das immer wieder mal vor. Manchmal denke ich, dass ich immer noch mit einem Bein, vielleicht auch mit der Seele – oder wie man das nennt – bei Euch an der Ostsee bin.
Es wäre so gut gewesen, wenn ich heute mit Dir hätte reden können. Es würde mich nämlich sehr interessieren, wie Du Dich an meiner Stelle entschieden hättest. Also, die Zwickmühle:
Ich habe Dir ja geschrieben, dass wir an unserer Schule eine Schülerzeitung hatten. Mit Robert, du weißt schon. Wir waren ein gutes Team, finde ich. Keiner hat uns rein-

geredet, kein Erwachsener bestimmt, was wir schreiben sollen. Wir waren unabhängig und wir waren vollkommen frei, unsere Meinung zu sagen. Von Ausgabe zu Ausgabe habe ich immer mehr Lust gekriegt, Artikel zu schreiben. Ein bisschen habe ich sogar schon mit dem Gedanken gespielt, später mal als Journalistin für eine richtige Zeitung zu arbeiten.

Aber dann kam der Rektor und hat alles kaputt gemacht. Weil er uns beibringen wollte, wie es in der Welt zugeht – in der kapitalistischen Wirtschaftswelt –, hat er aus der Schülerzeitung eine Aktiengesellschaft gemacht. Die meisten Aktien hat er selber gekauft, und wenn er die Hand hebt, hat er immer die Mehrheit und kann über alles bestimmen. Das sollen wir lernen: Nicht Unabhängigkeit und Freiheit sind wichtig, sondern das Geld.

Da bin ich explodiert. Weiß gar nicht, was ich dem alles ins Gesicht geschleudert habe. »Diktatur!«, glaube ich und: »DDR-Verhältnisse, nur umgekehrt!« Verstehst du, Silke, ich hatte das gerade kapiert, was das eigentlich bedeutet: Meinungsfreiheit. Und das wollte ich mir nicht gleich wieder wegnehmen lassen.

Er hat vor Wut gekocht und hat mich rausgeschmissen. Nach einem langen Gespräch mit meinen Eltern und Onkel Erik habe ich mich entschlossen, die Schule zu wechseln.

Das ist die Zwickmühle. Jetzt sitze ich in der Tinte. Seit Ostern bin ich auf einer anderen Schule. Wahrscheinlich war das die schlechteste Entscheidung meines Lebens. Erst jetzt merke ich, wie viel mir die Freunde von der

alten Schule bedeuten. Heute habe ich wahrscheinlich meine beste Freundin Kathi verloren. Vielleicht habe ich alles falsch gemacht.
Wie hättest Du Dich entschieden, Silke?

Ich lese alles noch einmal durch und schüttle über mich selbst den Kopf. Was soll denn Silke damit anfangen? Sie hat keine Vorstellung davon, wie das hier so läuft. Kann sein, sie denkt: *Deine Sorgen möchte ich haben.*

Und außerdem: Die Briefschnüffler von der Staatssicherheit, die jeden Brief mitlesen, werden diesen hier ganz sicher nicht nach Stralsund durchlassen. Von wegen Freiheit und Unabhängigkeit. Das ist denen viel zu gefährlich.

Ich sehe zum Fenster hinaus. Es ist dunkel geworden. Die Bäume im nahen Wald wiegen sich im Wind. Kann sein, es gibt heute Nacht noch ein Gewitter.

Langsam zerreiße ich meinen Brief und lasse die Fetzen in den Papierkorb rieseln.

RENI

Es lässt mir keine Ruhe, ich muss es wissen. Egal was dabei herauskommt.

Heute ist Samstag und ich schwänze. Mit dem ersten Bus bin ich in die Stadt gefahren und zu Tante Erika gegangen. Wir frühstücken auf ihrem Balkon. Kaffee, Erdbeermarmelade, knackige Brötchen, Morgensonne im Gesicht, unter uns der alte Garten, in der Ferne das Rauschen des Verkehrs. Es ist das erste Mal, dass ich am Wochenende bei meiner Patentante bin. Grillparty bei einem Schulfreund, habe ich ihr vorgeflunkert. »Sicher, Mädchen. Jederzeit kannst du bei mir übernachten.« Ich weiß, Tante Erika schlägt mir keinen Wunsch ab.

Aber sie will mehr wissen über den Schulfreund.

»Jonas«, sage ich schnell. Er fällt mir einfach als Erster ein. »Ein Netter. Ganz harmlos. Musst du dir nichts denken.«

»Ach Reni«, sagt Tante Erika seufzend. »Ich staune immer wieder, wie frei ihr heute seid. Wie unkompliziert. Zu meiner Zeit war das noch ganz anders. Krieg war. Und auf dem Dorf damals, Jungen und Mädchen – meine Güte, war das ein Theater! Das ging alles nur heimlich.«

Sie schneidet ihr Brötchen auf, goldbraune Splitter platzen

von der Kruste und rieseln auf ihren Teller. Sie lächelt versonnen vor sich hin. Wie ich sie kenne, war das jetzt nur die Einleitung.

Und tatsächlich. »Ich finde, du bist jetzt alt genug«, sagt Tante Erika schließlich. »Schluss mit der Heimlichtuerei. Du kannst es ruhig wissen.«

Ich sehe zu ihr auf. Etwas vom Frühstücksei kleckert von meinem Löffel.

»Deine Mutter und ich«, sagt sie, »wir sind Schwestern, ja. Aber es gab eine Zeit, da waren wir erbitterte Rivalinnen.«

»Rivalinnen?«

»Ja.«

»Sag bloß, wegen Papa?« Mein Vater, das ist bis heute ein Flüstergeheimnis im Dorf, war zu seiner Zeit der Gigolo auf den Tanzböden der Umgebung. Bei jeder Dorffeier ziehen sie ihn damit auf.

»Dein Vater«, sagt Tante Erika, »hinter dem waren sie alle her. Du hättest ihn in Uniform sehen sollen. Schnieke, sage ich dir.«

»Möchte mal wissen, was ihr an ihm gefunden habt.«

»Kannst du dir nicht vorstellen«, sagt sie. »Das war eine andere Zeit. Und wir waren jung und dumm und neugierig auf das Leben. Deine Mutter hat schließlich gewonnen. Sie hat ihn verführt ...«

»Was hat sie ...? Meine tugendhafte Mutter?«

»Verführt«, sagt Tante Erika ungerührt. »Ob du's glaubst oder nicht, deine Mutter war ein leidenschaftliches Mädchen. Ungewöhnlich hübsch – und zwei Jahre älter als ich. Zwei Jahre weiter. Die Pille gab es damals noch nicht. Und als sich was Kleines angekündigt hat – dein Bruder Hinrich –, mussten sie heiraten. Du kannst mir glauben, die gesamte weibliche Jugend im ganzen Landkreis hat getrauert.«

»Unglaublich«, sage ich.

»So war das«, sagt Tante Erika. »Kurz nach dem Krieg gab es für uns Mädchen nur den einen Gedanken: So schnell wie möglich unter die Haube kommen und abgesichert sein.«

»Und du hast dich dann mit dem flotten Erich getröstet?«

Der flotte Erich, das war Erich Klausner, Handelsvertreter für Landmaschinen. Er und Tante Erika haben in dem Jahr geheiratet, in dem ich zur Welt gekommen bin. Ich kenne ihn nur aus Erzählungen wie sie bei Familienfeiern immer mal wieder aufflackern. Wenn mein Vater dann leicht angesäuselt ist und die Sprache auf den flotten Erich kommt, lässt er, zum Unwillen meiner Mutter, gern seine Stolperreime los: »Der Erich, der Erich, das war ein rechter Wüterich!« Und: »In jedem Städtchen hatte er ein Mädchen!«

»Der Erich«, sagt Tante Erika. »Er war ja kein Schlechter. Nur für die Ehe hat er nicht getaugt. Immerhin verdanke ich ihm, dass ich von meiner Familie und vom Dorf weggekommen bin.«

Ihre Ehe ist nach zwei Jahren geschieden worden. Zum Glück hatten sie keine Kinder und zum Glück, sagt Tante Erika, hat sie nicht wieder geheiratet. Ihre Unabhängigkeit geht ihr über alles. Seit Jahren arbeitet sie in einer großen Versicherungsgesellschaft und hinter ihrem Rücken munkeln manche, sie habe immer wieder mal Affären mit diesem oder jenem Sachbearbeiter. Meine Eltern und die Leute im Dorf halten Tante Erikas Lebensweise für leicht anrüchig. Ich denke, die meisten sind nur neidisch auf sie, weil sie so gut allein zurechtkommt und sich weder um irgendwelche Zwänge noch um all das kleinkarierte Gerede kümmert.

»Ach Reni«, sagt Tante Erika und klatscht sich rote Marmelade auf ihre Brötchenhälfte. »Mach du das mal besser mit deinem Jonas oder mit sonst wem. Die Welt dreht sich weiter. Es geht euch so gut wie euren Eltern noch nie. Und wenn ich das richtig sehe, bist du doch auch keine, die auf dem Dorf versauern will.«

Unser Balkongespräch geht mir immer noch durch den Kopf, als ich gegen elf über den Stadtwall schlendere. Meine Mutter, die Rivalin ihrer Schwester, meine Mutter, die neugierig auf das Leben war, meine Mutter, die Verführerin.

Ich habe Fritz Kolbe nicht verführt. Es war umgekehrt. Aber ich habe es zugelassen, habe mich nicht gewehrt, bin immer wieder zu ihm hingegangen. Jetzt denke ich zum ersten Mal: Was ist, wenn meine Regel ausbleibt? Würde er mich dann heiraten? Und will ich das?

Im Schatten der alten Bäume setze ich mich auf eine Bank und beobachte die vorbeigehenden Menschen. Rentner, ein Liebespaar, Studenten, eine Frau mit zwei schweren Einkaufstaschen. Sie sehen mich, wenn überhaupt, nur flüchtig an. Vielleicht denken sie: Kleines, unschuldiges Mädchen, Schülerin, wartet auf ihren gleichaltrigen Freund, harmlose Sache, vielleicht gehen sie Eis essen, lachen und albern herum, freuen sich ihres Lebens.

Wie, wenn es so wäre? So leicht, so locker. Ohne Angst, dass irgendwer irgendwas rauskriegt. Woher kommt es, dass ich mir das so sehr wünsche?

Es muss etwas passieren. Ich will diese Heimlichkeiten

nicht mehr. Entweder er geht hier und heute mit mir Hand in Hand über den Stadtwall und stellt mich seinen Freunden vor oder ...

Oder was?

Ich will das jetzt wissen.

Ich stehe auf und gehe los. Als ich aus dem Schatten der Bäume komme, empfängt mich feuchte Hitze wie in einer Sauna. Ich dränge mich durch das Menschengewirr auf dem Wochenmarkt, sehe nicht rechts, nicht links, ich weiß jetzt, was ich tun muss.

Das Haus. Von außen sieht es aus wie immer. Ein dreistöckiges graues Stadthaus mit Erkern und hohen Fenstern, hinter alten Bäumen versteckt. Die schmiedeeiserne Gartenpforte quietscht. Ich gehe die ausgetretenen Steinstufen hinauf, spüre ein Ziehen im Bauch, als ich die schwere Haustür aufdrücke. Im dunklen Treppenhaus riecht es wie immer leicht muffig. Die Treppenstufen knarren. Was mache ich, wenn die alte Frau wieder erscheint? *Elisabeth Berger* steht auf dem ovalen Messingschild. Ich husche vorbei.

Oben angekommen hole ich tief Luft, dann drücke ich entschlossen auf den Klingelknopf neben seiner Wohnungstür. Gedämpftes Surren. Ich warte.

Nichts rührt sich. Vielleicht ist er nicht da. Soll ich gehen? Froh sein, dass es heute noch nichts wird mit der ungeschminkten Wahrheit? Soll ich ihm einen Brief schreiben? *Lieber Fritz, ich wollte mal fragen, wie ernst du das gemeint hast mit mir.*

Nein! Ich habe mich schon viel zu lange betrogen. Dreimal kurz hintereinander drücke ich jetzt auf die Klingel. Wenn er da ist, soll er ruhig hören, dass ich wütend bin.

Tatsächlich sind da jetzt Geräusche. Wie wenn ein Stuhl

umfällt. Dann Stimmen. Nicht laut, nicht aufgeregt. Dann: schlurfende Schritte auf die Tür zu. Der Schlüssel dreht sich im Schloss. Langsam wird die Tür aufgezogen.

Vor mir steht ein Mädchen, eine junge Frau mit zerzaustem blonden Haar in weißem Morgenmantel und mustert mich mit verschleiertem Blick.

»Wer bist du denn?«, sagt sie.

Ich erschrecke nur halb. Genau das war die Möglichkeit, die mir bei meinen Grübeleien in den letzten Tagen immer wieder vor Augen stand. Die Sektgläser. Seine Weigerung, mir irgendetwas von sich zu erzählen.

»Ich will Fritz sprechen«, sage ich mit fester Stimme.

Ein ironisches Lächeln huscht über ihr Gesicht.

»Ach Kindchen«, haucht sie irgendwie gelangweilt. Dann dreht sie den Kopf und ruft über die Schulter: »Friiihitz!«

Barfuß, in seiner grünen Turnhose und mit nacktem Oberkörper kommt Fritz auf den Flur. »Reni«, sagt er überrascht. »So früh am Morgen? Was ist denn los?«

»Ich muss mit dir reden«, sage ich. »Allein!«

Fritz schüttelt den Kopf und grinst unerträglich überlegen. »Das ist Gitti«, sagt er. »Sie weiß Bescheid. Wir haben keine Geheimnisse voreinander.«

Ich muss schlucken und spüre heiße Wut in mir aufsteigen.

»Komm rein«, sagt Fritz. »Das ganze Haus muss ja nicht mithören.«

Blöderweise mache ich tatsächlich zwei Schritte in den Flur hinein und Gitti schließt die Tür. Die lächelnde Allwissenheit in ihren Augen macht mich rasend. Am liebsten würde ich mich auf sie stürzen. Aber wie gelähmt stehe ich im Flur und komme mir klein und hilflos vor – und dumm wie noch nie.

»Na, Reni«, sagt Fritz mit Schmeichelstimme, wie zu einem Kleinkind. »Was hast du denn auf dem Herzen? Es ist doch nicht Mittwoch.«

Ich schnappe nach Luft. »So ist das also«, bringe ich endlich heraus.

Fritz grinst. »Was hast du erwartet?«

»Was ich …? Oh, du bist so gemein! So gemein! Die Welt willst du verbessern, aber du denkst nur an dich, nur an dich!«

Das scheint ihn immerhin zu interessieren. Das Grinsen verschwindet aus seinem Gesicht, nicht aber die Überheblichkeit.

»Schätzchen«, sagt er. »Über Eifersucht sind wir doch hinweg. Ich dachte, du hast deine kleinbürgerliche Moral hinter dir gelassen. Wolltest dich befreien von dem Mief. Habe ich mich wohl geirrt.«

Ich weiß nicht weiter. Er wird mich niederreden, egal was ich sage. Ich will nur noch weg aus dieser muffigen Bude, nur noch weg von seiner kalten Überlegenheit.

»Du Arschloch!«, schreie ich ihn an.

Er sieht mich an und zu meiner Verblüffung fängt er schallend an zu lachen. »Bravo!«, sagt er. »So seid ihr! Die Schülergeneration von heute. Wenn ihr nicht weiterwisst, werdet ihr unflätig. Und wenn's drauf ankommt, schlagt ihr euch in die Büsche! Du bist nicht anders als dein kleiner Freund und Hosenscheißer.«

»Halt die Klappe!«, schreie ich gegen sein verächtliches Lachen an. »Du weißt ja gar nicht, was du … was du …«

Meine Stimme bleibt weg. Tränen stürzen mir aus den Augen. Vor Wut, vor Verzweiflung.

Er hört zu lachen auf und Gitti in ihrem flauschigen, halb

offenen Morgenmantel, lehnt sich gegen die Wand und mustert mich von oben bis unten.

»Kriegst du ein Kind?«, fragt sie mit plötzlicher Neugier.

Augenblicklich durchfährt mich eine böse Lust, ihnen einen Schlag zu versetzen, der ihre selbstgerechte Gleichmütigkeit vielleicht zerreißen könnte.

»Und wenn?«, sage ich.

Fritz scheint einen Moment lang unsicher. Dann schüttelt er den Kopf und sagt mehr zu Gitti als zu mir: »Das kann nicht sein. Ich habe aufgepasst.«

»Ich, ich, ich!«, schreie ich ihn an. »Was anderes interessiert dich nicht! Du Mistkerl! Du Schwein!«

Ich kann nicht länger an mich halten, trommle mit beiden Fäusten auf seine nackte Brust.

Aber das macht ihm nichts. Seine Selbstsicherheit ist nicht zu erschüttern. Er nimmt meine Arme, presst sie in seiner linken Hand zusammen und drückt mich mit der rechten an sich.

»Renilein. Lulu«, sagt er. »Lass uns wenigstens Freunde bleiben.«

Ich mache mich frei, stoße ihn weg. »Freunde!«, fauche ich ihn an. »Du weißt doch gar nicht, was das ist!«

Dann drehe ich mich um, reiße die Tür auf und renne die Treppe hinunter. Die Wohnungstür im zweiten Stock ist angelehnt, wird aber nicht geöffnet. Ich müsste, denke ich im Vorbeirennen, der alten, neugierigen Frau alles erzählen. Das würde ihm vielleicht wenigstens die Kündigung seiner Studentenbude einbringen.

Aber ich renne weiter, stürme zur Haustür hinaus. Finstere Rachegedanken überschlagen sich in meinem Kopf. Ein Kind. Ja, ich werde ihm sagen, ich kriege ein Kind. Das wird ihm ein paar Wochen lang Angst machen. Nein, nicht ihm werde ich das sagen, sondern seinem Vater, dem Oberlandesgerichtsrat. Ich werde ihm schreiben. Oder anrufen. Ich werde es der Zeitung stecken, werde ihnen mitteilen, dass er was plant, einen Anschlag, politische Aktionen und so. Vielleicht werde ich ihm auch die Polizei auf den Hals hetzen, anonym, versteht sich. Der Schuft, der, der soll das büßen!

Ziellos renne ich durch die Stadt, versuche, meine Wut totzulaufen, meine Gedanken zu sortieren. Zu Karstadt rein, die Rolltreppe hoch und wieder runter. In der Parfümerieabteilung bleibe ich stehen, gucke hier, gucke da, sehe nichts, nur rote Wut. Ich merke, dass mich die Verkäuferinnen misstrauisch beobachten, fahre wieder in den ersten Stock, Bettwäsche und Damenoberbekleidung, und tue so, als würde ich mich für Hochzeitskleider interessieren. Meine Rachegedanken verwandeln sich allmählich in Selbstvorwürfe und Trotz: Was war ich für eine dumme Nuss, dass ich mich mit ihm eingelassen habe. Kleinbürgerliche Moral? Von mir aus. Immer noch besser als gar keine.

»Na, Reni, willst du heiraten?«

Woher kenne ich diese Stimme? Sie ist mir vertraut – aber aus einer völlig anderen Welt. Ich drehe mich um und da steht Frau Drößler, die ich jeden Morgen an der Bushaltestelle treffe. Sie bringt mich noch mehr durcheinander.

»Ach Sie ... Frau Drößler«, sage ich und versuche schnell umzuschalten. »Nee, nee, ich heirate nie.«

»Das sag nicht«, lacht Frau Drößler. »Warte nur, bis der Richtige kommt.«

»Es geht auch ohne Männer«, sage ich und denke an Tante Erika.

»Geduld, Reni, Geduld«, sagt Frau Drößler. »Es gibt nicht nur 'ne Handvoll, es gibt'n ganzes Land voll!«

Mit solchen Trostsprüchen wird bei uns auf dem Dorf immer schnell alles glattgebügelt. Wenn ich gemein wäre, könnte ich jetzt fragen, ob sie ernsthaft glaubt, dass ihr Wilhelm »der Richtige« für sie ist. Das ganze Dorf weiß, dass er sie betrügt, wo er nur kann. Aber ich will nicht gemein sein, nicht zu Frau Drößler, zu der doch nicht. »Schön wär's«, sage ich lächelnd. Wie man das eben so sagt.

Als ich die Rolltreppe wieder hinunterfahre, weiß ich plötzlich – zum zweiten Mal an diesem Tag –, wohin ich jetzt will.

Er ist überrascht, mich zu sehen, aber er freut sich. »Reni, du?«

»He«, sage ich. »Kann ich mal mit dir reden?«

Ich bin immer noch durcheinander und habe das Gefühl, als stünde mir alles ins Gesicht geschrieben, Fritz Kolbes Niedertracht, meine Enttäuschung und die Wut über meine verdammte Dummheit.

»Komm rein«, sagt Jonas. »Wir essen gerade. Spaghetti. Magst du?«

Wenig später sitze ich mit den Kösters am Küchentisch und wickle Spaghetti mit Tomatensoße um die Gabel. Weder Jonas noch seine Mutter stellen irgendwelche Fragen. Ich bin einfach da, ich bin willkommen. Alles Weitere wird sich finden. Es ist diese Leichtigkeit, diese Offenheit, die ich schon immer an Jonas so mochte.

»Reni – Mama, weißt du – Reni ist der Schrecken aller Lehrer-Tyrannen«, sagt Jonas. »Selbst der Nachtjäger wagt nicht, was gegen sie zu sagen.«

»Kinder«, sagt Frau Köster. »Seid lieber vorsichtig. Am Ende sitzen eure Lehrer doch am längeren Hebel.«

»Wenn der Nachtjäger könnte, wie er wollte«, sagt Jonas, »dann würde der uns auf dem Schulhof antreten lassen. Wie bei euch, Mama, Hitlerjugend und BDM und so. ›Nicht alles war schlecht bei Adolf‹, sagt er dauernd. Und wenn er könnte, wie er wollte ...«

»Hör auf davon, Jonas«, sagt Frau Köster. »Ich kann das nicht mehr hören. Dass es doch immer wieder dieselben sind, die die Macht haben – immer die Großsprecher, immer die Wichtigtuer, gestern wie heute. Und wir müssen sehen, wie wir zurechtkommen.«

»Ach komm, Mama«, sagt Jonas. »Wir haben jetzt Demokratie. Da ist alles anders.«

»Wer's glaubt, wird selig«, sagt Frau Köster.

Es gibt Nachtisch, Schokoladenpudding mit Vanillesoße, und wir reden über den Fernsehapparat, den sich Kösters angeschafft haben, über Robert Lembkes »Heiteres Beruferaten« und Grzimeks »Ein Platz für Tiere«.

Meine Wut und meine Anspannung haben sich allmählich gelöst. Nach dem Essen wird abgewaschen. Jonas und ich trocknen ab. Wir sind jetzt wie eine Familie. *Kleinbürgerliches Idyll*, geht es mir durch den Kopf. Das würde Fritz Kolbe dazu sagen. Sei bloß still, widerspreche ich ihm in Gedanken. Du hast keine Ahnung. Was ist denn dagegen zu sagen, wenn es so ist wie bei Jonas und seiner Mutter? Sie kümmern sich umeinander, sie gehen liebevoll miteinander um. Was soll schlecht daran sein?

»Wenn du nichts weiter vorhast heute Nachmittag«, sagt Jonas, »dann könnten wir zusammen an den Spiegelsee. Boot fahren, Eis essen und so.«

Am liebsten würde ich ihn umarmen. Er hat verstanden.

Der Spiegelsee ist ein beliebtes Ausflugsziel am Rande der Stadt. Ein Sandweg führt ringsherum, ein Spaziergang von einer knappen Stunde. Parklandschaft an den Ufern, Bänke, alte Bäume, ein Restaurant, eine Eisbude, ein Spielplatz, das Bootshaus von einem Segelclub, ein abgetrennter Badebereich und ein Verleih von Tret- und Ruderbooten. Enten und Schwäne auf dem See.

Wir laufen also über den Sandweg um den See und ich überlege, wie ich anfangen soll. Leute kommen uns entgegen, Kinder plärren, Eltern schimpfen, da fällt es nicht leicht, die richtigen Worte zu finden. Als ich sehe, dass ein Paar auf einer Bank ein Stück abseits vom Hauptweg aufsteht, steuere ich darauf zu und ziehe Jonas am Arm hinter mir her. Die Bank liegt im Schatten einer großen Kastanie mit Blick auf den See und die kleine Insel fast in der Mitte. Hier sind wir ungestört.

»Jonas«, fange ich endlich an. »Ich brauche jemanden, mit dem ich reden kann. Jemanden, dem ich vertrauen kann. Ich habe eine Riesendummheit gemacht. Was ich dir jetzt erzähle, sage ich nur dir und sonst keinem Menschen.«

Er sieht mich aus großen Augen an, nickt.

Ich fühle es: Jonas kann ich alles sagen. Ich erzähle ihm die ganze Fritz-Kolbe-Geschichte, ungeschminkt, vom Anfang bis zum Ende, auch dass ich Fritz in meiner Dummheit von Jonas' Onkel Eduard erzählt habe. Er hört aufmerksam zu und ich spüre, wie mir mit jedem Wort leichter wird, wie gut es tut, das alles erzählen zu können, so beschämend es auch für mich ist. Jonas lacht nicht, macht keine blöden Bemerkungen, weiß nichts besser.

»Ich bin eine blöde Kuh«, sage ich schließlich. »Kann sein,

du willst jetzt nichts mehr von mir wissen. Also, ich könnte das verstehen ...«

»Quatsch, Reni«, sagt er. »Wir sind Freunde. Daran ändert sich nichts. Nicht wegen so einem Idioten.«

Eine Spur von Enttäuschung überkommt mich. *Freunde*, das ist mir auf einmal zu wenig für das, was ich in diesem Augenblick für ihn empfinde. Aber unmöglich, ihm das zu sagen.

»Fritz Kolbe – der war das also«, sagt Jonas. »Der hat bei mir angerufen. Zwei Mal.«

»Echt? Was hat er gewollt?«

»Ich sollte was rausschnüffeln, mit dem er beweisen kann, dass Onkel Eduard ein Nazi war. Hat so getan, als gehöre er zu irgendeiner Gruppe, die irgendwas planen. An Onkel Eduards Geburtstag, glaube ich.«

»Sollen wir damit zur Polizei?«

Er zögert einen Moment. »Weiß nicht«, sagt er nachdenklich. »Lass mal, Reni.«

Es ist gut, dass ich ihm alles erzählen konnte. Es ist gut, dass er mir zugehört hat. Es ist gut, mit ihm zusammen hier draußen am See zu sein. Ich fühle mich leicht und frei wie schon lange nicht mehr.

Wir mieten ein Ruderboot und hinter der kleinen Insel lassen wir uns treiben. Ich lehne meinen Kopf an seine Schulter. Er legt den Arm um mich.

Mehr nicht.

Gut ist es trotzdem. Wir sind Freunde. Gute Freunde.

Vielleicht muss ich nach alldem erst wieder lernen, was das eigentlich bedeutet.

JONAS

Schwachsinn, dass wir hergegangen sind. Aber Reni war ganz wild darauf. »Wirst sehen, da passiert was«, hat sie gesagt. »Und ich bin die Einzige, die weiß, wie er aussieht.« Typisch Reni. Wo was passieren könnte, muss sie dabei sein. Ohne sie darf nichts laufen.

Ich fühle mich fehl am Platz wie noch nie. Nadelstreifenanzüge, Krawatten, Fliegen, Männer in Fräcken wie Pinguine, Frauen mit aufgedonnerten Frisuren, funkelndem Schmuck und langen Kleidern.

»Ah, Herr Generaldirektor, schön, Sie zu sehen. Wie ist das werte Befinden?«

»Danke der Nachfrage. Die Geschäfte laufen gut. Ich kann nicht klagen!«

»Erfreulich, erfreulich. Es geht aufwärts ... Oh, der Herr Oberlandesgerichtsrat mit Gattin, welche Ehre! Gestatten Sie mir die Bemerkung, Frau Oberlandesgerichtsrat: Sie werden von Tag zu Tag jünger!«

»Man tut, was man kann!«

»Zum erfreulichen Anlass erfreuliche Gäste!«

»Unser Eduard hat das aber auch verdient. Unermüdlich, wie er ist!«

»Solange er unser Geld vermehrt, lassen wir ihn hochleben, he, he, he!«

»Schauen Sie mal da drüben! Der Herr Polizeipräsident im Gespräch mit Hochwürden Albrecht.«

»Und der kleine Dicke daneben?«

»Universitätsvizepräsident Schwalbe. Dahinter Klawuttke, Holger Klawuttke, Vorsitzender der Spielvereinigung.«

»Die Presse ist auch vertreten. Verlagsleiter Dr. Specht und sein Chefredakteur Wellmann.«

»Alles da, was Rang und Namen hat.«

Fast eine halbe Stunde warten wir in der Schlange der Honoratioren, bevor wir endlich vor Onkel Eduard stehen. Neben ihm Tante Edeltraud im dunkelgrünen Kostüm, mit hochgesteckter Frisur. Mit Mehl an der Schürze in ihrer Küche hat sie mir besser gefallen.

»Herzlichen Glückwunsch zum Geburtstag, Onkel Eduard!«, sage ich und überreiche ihm unser Geschenk: Für den Kakteenliebhaber einen Kaktus. »Mama lässt sich entschuldigen. Migräne. Ich habe dafür Reni mitgebracht. Wir gehen in eine Klasse.«

Reni strahlt. Mit unwiderstehlicher Freundlichkeit schüttelt sie Onkel Eduard die Hand. Wenn sie will, kann sie richtig charmant sein. »Alles Gute zum Geburtstag, Herr Köster! Und vielen Dank, dass ich mitkommen durfte!«

Von so viel Freundlichkeit überrumpelt ist Onkel Eduard einen Moment lang unsicher. Er zieht die Augenbrauen hoch und runzelt die Stirn, bleibt aber in Feierlaune und ungeduldig, den nächsten Gast zu begrüßen. »So, so«, murmelt er und ringt sich ein Lächeln ab. »Dann setzt euch mal zu den jungen Leuten.«

Er dreht sich nach Tante Edeltraud um und flüstert ihr zu: »Müller soll das irgendwie umarrangieren. Am Lehrlingstisch.« Den Blumentopf mit unserem Kaktus drückt er einem bereitstehenden Helfer in die Hand, der ihn auf dem Geschenketisch vor der holzgetäfelten Wand abstellt.

»Cephalocereus senilis«, sage ich noch schnell, was ich mir von der Kaktus-Beschreibung gemerkt habe. »Gut geeignet für das Sonnenfenster in deinem Herrenzimmer, Onkel Eduard. Anspruchslos in der Pflege, eine Freude für den Kenner!«

Onkel Eduard verengt die Augen. Unter seinem Lächeln lauert Argwohn. Ungeduldig wendet er sich von uns ab, hebt die Arme und ruft: »Der Juwelier Bartels und Gattin! Wie schön, dass Sie es einrichten konnten!«

Wir sind entlassen und drehen bei. Ein junger Mann mit schon ausgeprägten Geheimratsecken – wahrscheinlich Müller – fängt uns ab und führt uns zu den für uns »irgendwie umarrangierten« Plätzen an der Ecke des Nebentischs, an dem die Banklehrlinge sitzen. *Marianne Köster* steht auf Renis Namenskärtchen und sie findet es witzig, dass sie heute Abend meine Mutter sein soll. Sie ist bester Laune und hat ganz offensichtlich ihr Vergnügen am Aufmarsch der Stadtgrößen. »Schau mal«, flüstert sie mir zu. »Das müssen seine Eltern sein. Ihn habe ich schon mal in der Zeitung gesehen.«

Oberlandesgerichtsrat Kolbe ist ein weißhaariger, würdevoll aussehender Mann mit tiefen Falten im Gesicht, seine Frau eine vollschlanke Dame im langen Kleid. Sie sitzen ziemlich weit oben an der langen Tafel, ganz in der Nähe des blumengeschmückten Platzes, an dem Onkel Eduard sitzt.

Vor ein paar Wochen, als wir die vorgedruckten Einladungskarten bekamen, waren wir uns sofort einig, meine Mutter und ich: Da gehen wir nicht hin. Nachdem ich aber Reni davon erzählt hatte, stand für sie fest: Da musste sie hin. Und wenn sich Reni etwas in den Kopf gesetzt hat, ist es schwer, ihr das auszureden. Zugeben muss ich aber, dass ich selber neugierig bin auf den anonymen Anrufer, auf Renis Liebhaber. Bringt der es fertig und platzt hier rein? Verteilt Flugblätter? Mischt die ganze vornehme Gesellschaft auf?

Draußen ist es noch hell und für September sehr warm, aber hinter den dicken Mauern des Schwarzen Bären herrscht angenehme Kühle. Der Kronleuchter aus tausend künstlichen Kerzen, der in der Mitte des Raumes von der Stuckdecke hängt, wirft sein Licht nur in die Mitte des mit dunklem Holz vertäfelten Saals, in den Ecken ist es dämmrig. Im Abstand von zwei, drei Metern stecken Wachskerzen auf hölzernen Armen an den Wänden. Ihr Licht flackert unruhig über die Jagdszenen und Porträtbilder in den schweren Goldrahmen. Altdeutsche Gemütlichkeit – das ist es, was Onkel Eduard und Tante Edeltraud gern um sich haben.

Inzwischen hat sich der Saal gefüllt. Die lange Tafel ist bis auf wenige Plätze besetzt. Am Katzentisch sitzen wir eng mit den Banklehrlingen zusammen. Petticoats, weiße Blusen, weiße Hemden, Schlips und Fliegen – auch was die Kleidung der Lehrlinge angeht, komme ich mir in meinem schwarzen Rollkragenpulli fehl am Platz vor. Ich entdecke Kalle Kohlmeier, der vor zwei Jahren noch auf unserer Schule war. Er nickt mir nur kurz zu. Mehr scheint unter seiner Banklehrlingswürde. Sie unterhalten sich angeregt. Wir scheinen da eher zu stören.

An der äußeren Kante des Tisches sitzen wir fast im Laufweg der neu eintreffenden Gäste und der hin und her rennenden Kellnerinnen und Kellner. Gespannt mustert Reni jeden, der kommt. Fritz Kolbe ist noch nicht dabei.

Im Gespräch am Lehrlingstisch geht es – wie auch in der Schule immer wieder – um den spektakulären Postraub in England.

»Das sind Profis«, sagt ein stämmiger, rotgesichtiger Typ mit Meckifrisur. »Die kriegen sie nicht.«

»Tolle Logistik«, bestätigt ein anderer. »Durchgeplant bis ins Letzte. Haltesignal manipuliert, Lokomotive entführt, Sicherheitsleute abgehängt, drei Lastwagen bereitgestellt. Ein eingespieltes Team. Da saß jeder Handgriff, sage ich euch!«

»Müssen mindestens 20 bis 30 Männer gewesen sein. Hochintelligent wahrscheinlich.«

»Wieso nur Männer?«

»Frauen kriegen so was nicht hin.«

»Haha.«

»Habt ihr das gelesen, neulich in der Zeitung? Einer von den Gangstern hat an eine englische Zeitung einen Leserbrief geschrieben. Er nennt sich Charlie. Tolldreist, der Kerl!«

»Ja, genau! Ich hab's mir gemerkt. Der hat die genaue Summe der Beute mitgeteilt und geschrieben: ›Das Ergebnis dieser Übung war genau 2 085 324 Pfund und ein verknackster Knöchel‹!«

In ihrem Lachen mischen sich Schadenfreude und Bewunderung.

»Über kurz oder lang wird Scotland Yard schon dahinterkommen«, sagt ein Mädchen.

»Glaube ich nicht«, sagt der Stämmige. »Die sind doch längst über alle Berge. Hast du nicht gelesen? Auf einem Bauernhof wurden die Lastwagen und die leeren Postsäcke gefunden. Und ganz in der Nähe ist ein kleiner Flugplatz. Die sind weg. St. Tropez oder sonst wo.«

»Die kriegen sie garantiert«, sagt das Mädchen. »Stellt euch doch mal vor: drei Mille Belohnung. Das ist eine einfache Rechnung: Wenn 20 bis 30 Leute beteiligt waren, dann ist der Pro-Kopf-Anteil an der Beute kleiner als die Belohnung fürs Verpfeifen.«

Das macht sie nachdenklich.

»Was würdet ihr nehmen?«, fragt einer. »Belohnung oder Beute?«

Sie grübeln. »Weiß nicht«, sagt einer. »Rein rechnerisch ...«

Oben an der langen Tafel klopft jemand mit dem Löffel gegen sein Weinglas und steht auf. Sofort verstummen alle Gespräche.

»Lieber Eduard, sehr verehrte Geburtstagsgäste ...«

Es folgt eine lange Rede mit vielen Zahlen und viel Lobhudelei. »Männer wie unseren Eduard«, sagt der Redner, »die brauchen wir jetzt. Unerschrocken und zupackend. Er ist der richtige Mann am richtigen Ort zur richtigen Zeit ...« Und so weiter und so weiter.

Beifall natürlich, Kopfnicken, danach die nächste Rede. Dann noch eine und noch eine.

Auch Rektor Lauenstein als Sprecher des Aufsichtsrats der Bank hält eine Rede. Als Schulmann, sagt er, werde er nicht müde, den jungen Menschen immer wieder Vorbilder vor Augen zu halten, Menschen wie den verehrten Jubilar. – O Mann!

Kopfnickend hört Onkel Eduard zu, lächelnd, als habe er seine heimliche Freude daran, wie ein Redner den anderen mit Schmeicheleien zu übertreffen sucht. Tante Edeltraud sitzt aufrecht und mit erhobenem Kopf neben ihrem Mann. In ihren

Haaren glitzert etwas Silbernes. Sie genießt den Augenblick. Huldvoll, fällt mir ein, dieses komische, altmodische Wort. Aber so guckt sie jetzt, huldvoll wie eine Königin auf ihre Untertanen.

»Mann, habe ich Kohldampf!«, stöhnt der stämmige Mecki. Zwei weitere Reden muss er aber noch ertragen und zuletzt Onkel Eduards ausführliche Dankesworte. Dann endlich werden Suppenterrinen aufgetragen und statt des Wortgeklappers hört man jetzt Löffel gegen die Teller stoßen und hier und da ein wohliges Schlürfen.

Nach der Suppe – Rindfleischbrühe mit Buchstabennudeln – gibt es als zweiten Gang Kalbsbraten mit Erbsen-und-Möhren-Gemüse und als dritten Jägerschnitzel mit Champignons und Kartoffelkroketten. Hinterher Erdbeer-Vanille-Eis.

Während Reni genüsslich ihren Dessertteller leert, sieht sie sich zum wiederholten Mal nach allen Seiten um. »Wo die bleiben?«, murmelt sie. »Vielleicht haben sie hier irgendwo Stinkbomben versteckt oder so ...«

Ich trete ihr unter dem Tisch gegen das Schienbein. Aber zu spät. Der Banklehrling, der ihr gegenübersitzt, sieht sie fragend an. »Wie meinst du das?«, sagt er. »Wer soll denn hier Stinkbomben verstecken?«

Reni wird puterrot und fährt sich mit der Hand an den Mund. »Nichts«, sagt sie schnell. »Gar nichts. War nur ein Witz ...«

»Komischer Witz«, sagt der Banklehrling.

»Musst du nicht ernst nehmen«, sage ich möglichst leichthin. »So ist sie eben. Sagt immer so schräge Sachen.«

Er sieht uns kopfschüttelnd an, dann dreht er sich weg und würdigt uns keines Blickes mehr.

»Bin ich bekloppt!«, flüstert Reni und ich widerspreche ihr nicht.

Am unteren Ende der Geburtstagstafel kommt es zu einem kurzen Ausbruch von Fröhlichkeit unter den Honoratioren und ein paar Leute singen Happy Birthday.

Dann haben die Abteilungsleiter der Bank ihre Auftritte mit launigen, zum Teil gereimten Beiträgen. Es werden Bücher geschenkt, Weinflaschen, Schallplatten. Auch die Lehrlinge überreichen ein Geschenk. Onkel Eduard muss es eigenhändig auspacken. Es ist eine selbst geschnitzte Marionette, deren hölzernes Gesicht tatsächlich Ähnlichkeit mit ihrem Lehrherrn, meinem Onkel Bankdirektor, hat.

»Oh, ihr Rabauken!«, ruft Onkel Eduard gut gelaunt. »So möchtet ihr das wohl. *Mich* an die Strippe nehmen. Ha, ha. Aber vorläufig ist es noch umgekehrt!« Er zieht an den Fäden, die Puppe hebt ein Bein, einen Arm und alle lachen und applaudieren.

Onkel Eduard winkt alle Lehrlinge von unserem Tisch zu sich herüber und stellt sich in ihre Mitte.

»Unser hoffnungsvoller Nachwuchs!«, verkündet er. »Die Zukunft unseres Landes!«

Applaus natürlich. Die Zukunft des Landes verbeugt sich oder knickst.

Als sie alle wieder zum Katzentisch, zu Reni und mir, zurückkommen, setzt sich Kalle Kohlmeier neben mich.

»Woher kennen wir uns?«, fragt er.

»Schule«, sage ich.

»Ach ja, Schule«, sagt er. »Tausend Jahre her. Und was hast du mit dem alten Köster zu tun?«

»Dein Boss ist mein Onkel.«

»Sag bloß.«

Immerhin scheine ich jetzt einigermaßen interessant für ihn zu sein. Wir reden eine Weile über Lehrer und Schule und Kalle Kohlmeier sagt: »Schule kannst du abhaken. Alles Pipifax, was du da lernst, Goethe und Schiller und so. Brauchst du alles nicht. Machst du auch Bank?«

»Weiß nicht«, sage ich. »Hab noch ein Jahr Zeit.«

Am Lehrlingstisch gibt es nur Cola, Apfelsaft und Limo, und zu rauchen getraut sich keiner, obwohl an der Festtafel dicke Rauchschwaden zur Stuckdecke aufsteigen und sich im Kronleuchter verfangen.

Nachdem Kalle Kohlmeier allen verkündet hat, dass ihr Bankdirektor mein Onkel ist, steigt auch bei den anderen das Interesse, sich mit mir zu unterhalten. Zwei Mädchen wollen wissen, wie der alte Köster denn privat so sei.

Was soll ich sagen? Ich überlege. Reni stupst mich an. »Na los, Jonas, erzähl.«

Wie ich Reni kenne, würde sie an meiner Stelle jetzt alles ausposaunen. Würde vor diesen wildfremden Mädchen brühwarm unsere Familienangelegenheiten ausbreiten. Onkel Eduard an den Pranger stellen, einen Skandal lostreten. Nee, das will ich nicht.

»Mein Onkel Eduard«, sage ich, »ist der tollste Direktor, der beste Onkel, immer freundlich und hilfsbereit und überhaupt der allerbeste Mensch auf der Welt!«

Die beiden Mädchen wissen nicht, was sie davon halten sollen.

»Du kannst ihn also nicht ab?«, fragt die eine.

»Und wie ich ihn abkann«, sage ich, drehe mich weg und beende das Gespräch.

Die Lehrlinge setzen ihre Insidergespräche fort. Ich spüre, wie die Ungeduld mich piesackt. Am liebsten würde ich aufstehen und rausgehen. Halb zehn ist es. Draußen wahrscheinlich jetzt dunkel.

Plötzlich taucht Rektor Lauenstein neben unserem Tisch auf.

»Nanu?«, sagt er. »Jonas, nicht wahr? Und Irene Horn. 9 a, wenn ich nicht irre? Was bringt euch denn hierher?«

Ich stehe auf wie in der Schule und ärgere mich sofort über meine Unterwürfigkeit. »Mein Onkel«, sage ich. »Mein Onkel hat Geburtstag.«

»Wie?«, sagt Rektor Lauenstein. »Der Herr Direktor Köster ist dein Onkel? Das habe ich gar nicht gewusst! So was. Köster, ja richtig. Du heißt ja auch Köster. Und der Herr Direktor ist dein Onkel!«

Es klingt fast vorwurfsvoll, so als wolle er sagen: Warum hast du das nicht gleich gesagt. Dann hätten wir dich nicht sitzen lassen. Er nickt mir zu wie zur Bekräftigung, dass er mich ab sofort mit ganz anderen Augen sieht.

»Und Irene?«, sagt er. »Auch Verwandtschaft?«

»Nein«, sagt Reni. »Ich bin nur so mitgekommen. Aus Freundschaft.«

Rektor Lauenstein zieht die Augenbrauen hoch. »Aus Freundschaft, soso. Aus Freundschaft.« Zum Glück fragt er nicht weiter. Mit einem Blick auf seine Armbanduhr sagt er noch: »Vergesst nicht, morgen ist Schule. Punkt acht Uhr!«

Dann geht er endlich weiter Richtung Toilette.

Die Banklehrlinge an unserem Tisch beratschlagen inzwischen, wer hinterher noch mitgeht, einen trinken und so. Uns fragen sie nicht.

»Der kommt nicht mehr, dein Oberrevoluzzer«, flüstere ich Reni zu. »Der hat Schiss, weil sein Vater hier ist.«

Sie zieht die Schultern hoch. Ich weiß nicht, ob sie enttäuscht oder erleichtert ist.

Es wird halb elf und nichts passiert. Der Bürgermeister verabschiedet sich. Die ersten Leute nutzen die Gelegenheit und gehen auch. Andere sind erst jetzt richtig in Stimmung. An der langen Tafel sitzen inzwischen mehr Bier- als Weintrinker. Rektor Lauenstein ist auf den frei gewordenen Platz neben Onkel Eduard gerückt. Sie stecken die Köpfe zusammen und sehen dabei zu uns herüber. Kann sein, Onkel Eduard kann gar nicht anders und erzählt nur gute Sachen über mich. Kann sein, Rektor Lauenstein nimmt mich ab morgen persönlich unter seine Fittiche. Dann hätte selbst der Nachtjäger schlechte Karten.

Wir wollen gerade aufstehen und uns verabschieden, da rauschen zwei uniformierte Polizisten an uns vorbei, quer durch den Saal und direkt auf Onkel Eduard zu. Der steht auf, streckt ihnen die Hände entgegen, will sie in großzügiger Geburtstagslaune als willkommene Gäste begrüßen, aber die Polizisten winken ab und reden hastig auf ihn ein. Entgeistert starrt Onkel Eduard sie an, wird blass im Gesicht und schüttelt ungläubig den Kopf. Tante Edeltraud schlägt die Hände über dem Kopf zusammen. »Nein!«, ruft sie und hält sich an der Schulter ihres Mannes fest.

Alle Gespräche sind verstummt, alle Augen blicken in eine Richtung.

Onkel Eduard hat seine momentane Fassungslosigkeit abgeschüttelt und scheint wieder Herr der Lage. Entschlossen stößt er seinen Stuhl zurück und ohne Erklärung stürmt er, eskortiert von den beiden Polizisten, mit langen Schritten auf den Ausgang zu. Tante Edeltraud stolpert hinter ihnen her.

An der Geburtstagstafel herrscht helle Aufregung, Ratlosigkeit. Dann verbreitet sich die Nachricht wie ein Lauffeuer.

»Ein Anschlag. Es hat einen Anschlag auf sein Haus gegeben!«

»Was? Das gibt's doch nicht!«

»Um Gottes willen! Wer macht denn so was?«

»Er hat doch keine Feinde! Eduard doch nicht!«

Reni und ich sehen uns an. Jetzt, wo es passiert ist, scheint sie erschrocken.

»Ganz schön feige, dein Fritz«, sage ich.

Sie hat Tränen in den Augen. »Er ist nicht mein Fritz«, sagt sie in jämmerlichem Ton.

Natürlich müssen wir das jetzt sehen. Die meisten Gäste wollen das auch und drängen nach draußen. Die Geburtstagsgesellschaft löst sich auf.

Draußen ist es dunkel, aber immer noch warm, eine romantische Spätsommernacht eigentlich. Doch nach Romantik ist uns überhaupt nicht. Aber Reni – wir haben die letzten hohen Häuser der Altstadt erreicht – zieht mich plötzlich in einen Hauseingang und legt beide Hände auf meine Schultern.

»Jonas«, sagt sie eindringlich. »Bitte. Sag keinem was davon, dass ich da drinhänge. Wenn das rauskommt ... Ich fliege von der Schule!«

Ich nicke. »Mach dir keine Sorgen«, sage ich. »Ich schweige wie ein Grab.«

»Danke«, sagt sie erleichtert und haucht mir einen flüchtigen Kuss auf die Wange.

Ein Peterwagen mit blinkendem Blaulicht steht vor dem

Haus meines Onkels. Auf der Straße ein paar Dutzend Leute, die aufgeregt miteinander reden. An der Pforte ein Polizist, offenbar mit Auftrag, niemanden durchzulassen. Vom Garten her hört man Wotan bellen.

»Komm mit«, sage ich zu Reni. Wir gehen am Haus vorbei bis zum Akazienweg, der das Grundstück seitlich begrenzt, gehen an der hohen Hecke entlang bis zu der nie richtig zusammengewachsenen Lücke, die ich aus Kindertagen kenne, zwängen uns hindurch und stehen zwischen den Stachelbeersträuchern im Garten.

Ein Polizeischeinwerfer wirft grelles Licht auf die Rückseite des Hauses und zeigt ein Bild der Verwüstung: Die große Fensterscheibe von Onkel Eduards Herrenzimmer ist zertrümmert, Reststücke stecken noch im Rahmen, unter dem Fenster ist das Blumenbeet platt getreten, drei, vier Töpfe mit Kakteen liegen da wie erschlagene Krieger auf einem Schlachtfeld. Rings um das zerstörte Fenster steht mit roter Farbe auf der Mauer:

HERZLICHEN GLÜCKWUNSCH!
Nazi Brudermörder Kapitalistenschwein

Mit geballten Fäusten läuft Onkel Eduard auf dem Rasen vor seinem zerbrochenen Fenster hin und her und Tante Edeltraud streckt die Arme in die Luft und ruft immer wieder: »Das kann doch nicht wahr sein! Nein, das ist nicht wahr!«

Die beiden Polizisten, die im Schwarzen Bären aufgetaucht waren, reden mit Herrn und Frau Olfermann, den Nachbarn.

»... ganz genau nicht«, höre ich Frau Olfermann sagen. »... war ja dunkel. Aber wir haben sie weglaufen sehen. Ein Mädchen und ein Junge. Wie alt? Schwer zu sagen. Es ging ja alles so schnell!«

Ich mache einen Schritt hinter den Stachelbeersträuchern hervor. Das hätte ich besser nicht tun sollen. Denn in diesem Moment dreht sich Onkel Eduard auf seinem Wutgang um, sieht mich, rennt auf mich zu, krallt seine Hand in meinen Rollkragenpulli und schreit: »Aha! Du! Was machst du hier? Was schleichst du hier herum?« Er ist außer sich und drauf und dran, auf mich einzuprügeln.

»Ich wollte nur ...«

»Was hast du damit zu tun?«, schreit er mich an. »Wird's bald? Los, sag schon!«

»Eduard!«, ruft Tante Edeltraud und kommt auf uns zu. »Vergiss dich nicht! Komm zu dir! Der Junge kann doch nichts wissen! Er war die ganze Zeit im Schwarzen Bären!«

Das Misstrauen in Onkel Eduards Augen ist unverändert. Immerhin lässt er mich los, dreht sich um, nimmt sein Hin- und-Her-Gerenne wieder auf. »Wenn ich den erwische!«, stößt er aus. »Den zerquetsche ich!«

Ein junger Mann steht auf einmal vor mir. »Lembek«, sagt er. »Kriminalpolizei. »Was machst du hier?«

»Ich bin der Neffe«, sage ich. »Und ...«

»Der Junge gehört zur Familie«, sagt Tante Edeltraud. »Für den lege ich meine Hand ins Feuer.«

Aus dem Herrenzimmer kommt jetzt einer der beiden Uniformierten, redet mit dem, der mich angesprochen hat. Sie drehen sich um und gehen zusammen ins Haus.

Ich nutze die Situation und ziehe mich aus dem Lichtkreis des Scheinwerfers zwischen die Stachelbeersträucher zurück.

Reni ist weg.

Auf dem Bürgersteig hinter der Hecke finde ich sie. Sie sitzt auf dem Randstein, die Beine mit den Armen umschlungen, den Kopf auf den Knien.

Ich gehe neben ihr in die Hocke und lege ihr die Hand auf die Schulter. Sie zittert.

»He, Reni, was ist los?«

Es dauert eine Weile, bis sie den Kopf hebt.

»Ich habe Angst, Jonas«, bringt sie schließlich heraus. »Ich habe solche Angst. Das kommt raus. Das kommt alles raus. Und dann ist mein ganzes Leben verpfuscht.«

»Red keinen Unsinn«, versuche ich sie zu beruhigen, obwohl mir selber der Schreck noch in den Gliedern sitzt.

»Dein Onkel«, sagt Reni. »Wie der auf dich los ist ... So eine Wut ... Der bohrt doch jetzt weiter ...«

»Soll er doch«, sage ich. Das beruhigt sie nicht.

Dass Reni Angst hat, habe ich noch nie erlebt. Reni die Mutige, die Unerschrockene, die Anführerin. Und jetzt sitzt sie da wie ein Häufchen Elend und weiß nicht weiter.

»Komm«, sage ich und ziehe sie hoch. »Wir hauen ab.«

Um den Leuten, die immer noch auf der Straße vor dem Haus stehen, auszuweichen, gehen wir auf dem Akazienweg weiter, ein Stück durch den Stadtwald und kehren auf weitem Umweg in die Stadt zurück.

Lange noch hören wir Wotan bellen.

Schüler unter Verdacht

War der Anschlag auf das Haus des Bankdirektors die Tat politisch aufgehetzter Jugendlicher?

Freitag, der Dreizehnte, sollte für Bankdirektor Eduard Köster eigentlich ein erfreulicher Tag werden. Aber während er am Abend mit vielen Gästen aus Politik und Wirtschaft im Schwarzen Bären seinen sechzigsten Geburtstag feierte, wurde auf sein Haus ein feiger Anschlag verübt, bei dem eine große Panoramafensterscheibe zu Bruch ging und die Hauswand mit politischen Parolen beschmiert wurde.

Die Polizei steht vor einem Rätsel und wollte sich am Wochenende zu dem Vorfall nicht äußern. Wie wir aber aus verlässlicher Quelle erfahren haben, deuten viele Indizien darauf hin, dass es sich bei der Tat um einen Racheakt politisch linksgerichteter Jugendlicher handeln könnte, die damit ein grelles Schlaglicht auf die Vergangenheit des Bankdirektors in der Nazizeit werfen wollten. Eine infame Verdächtigung, so unser Informant, die sich mit dem Hass auf die freie Marktwirtschaft mische, ein Vorwurf, wie er sonst nur von sowjetzonaler Propaganda verbreitet werde.

Da die Polizei im Dunkeln tappt, bleibt der Fall, der die Gemüter der Stadt erregt, vorerst ungeklärt. Wir werden weiter berichten.

Jürgen Kampmeier

TEIL 4
Herbst

ZEITUNGSSPLITTER

+++ Präsident Kennedys Friedensappell vor der UNO: Kriegsgefahr bannen durch Beseitigung der Spannungen zwischen Ost und West.

+++ Der Film »Das Mädchen Irma la Douce« wird zum großen Kinoerfolg.

+++ In Dresden, DDR, wird ein Mann wegen Mordes zum Tode verurteilt und hingerichtet.

+++ Der westdeutsche Bundeskanzler Konrad Adenauer ruft zur Wachsamkeit gegenüber dem Kommunismus auf.

+++ Trotz Mauer, Stacheldraht und Minenfeldern gelang seit Januar 1963 ca. 3000 Menschen unter Lebensgefahr die Flucht aus der DDR in den Westen.

+++ Der Schauspieler Gustaf Gründgens stirbt.

+++ Eine Flutkatastrophe im Piavetal in den italienischen Alpen fordert Tausende von Todesopfern. Sieben Ortschaften werden ausgelöscht.

+++ Der Physiker und Philosoph Carl Friedrich von Weizsäcker erhält den Friedenspreis des deutschen Buchhandels.

+++ Wirtschaftsminister Ludwig Erhard wird als Nachfolger von Konrad Adenauer zum Bundeskanzler gewählt. Als Wirtschaftsminister galt Erhard als Vater der »Sozialen Marktwirtschaft«. *Wohlstand für alle* hieß sein Buch, »Maßhalten« war seine Parole.

+++ Grubenkatastrophe in Lengede: 43 Bergleute verschüttet. »Riesige Wassermassen stürzen in die Schachtanlagen«. Nur sieben Bergleute können gerettet werden. 71 Stunden nach Eintreten der Katastrophe stellen die Rettungskräfte Kontakt zu drei eingeschlossenen Männern her. Nachdem sie 184 Stunden unter der Erde ausharren mussten, können die drei Bergleute gerettet werden. Dann: »Das Wunder von Lengede: Weitere elf Bergleute entdeckt! Klopfzeichen nach der zehnten Suchbohrung.« Nach 14 Tagen werden die elf Bergleute lebend aus der Tiefe geborgen. »Tränen und Jubel über dem Unglücksschacht in Lengede.«

+++ Bundesverteidigungsminister von Hassel: »Bundeswehr braucht den Typ des Technikers und Kämpfers. Harte Ausbildung notwendig.«

+++ »Bedroht die ›Gelbe Gefahr‹ den Weltfrieden?«

+++ Sturmtief über Deutschland.

+++ »Das Schwurgericht Hannover hat ... nach zehnwöchiger Verhandlung die Urteile im sogenannten ›Ghetto-Mordprozess‹ verkündet: Der 52 Jahre alte ehemalige Kriminalkommissar und ›Judenreferent‹ bei der Gestapo in Lodz, G. F., wurde wegen Mordes in neun und versuchten Mordes in drei Fällen sowie Beihilfe zum Mord an 15 000 Juden zu lebenslänglichem Zuchthaus verurteilt ...«

+++ Die Illustrierte »Stern« erscheint mit dem Aufmacher: »Lengede – Die elf Geretten erzählen ...«

+++ Hochwasseralarm in vielen Teilen der Bundesrepublik.

+++ »Präsident Kennedy ermordet. – Die Vereinigten Staaten haben ihren Präsidenten, die westliche Welt hat ihren Führer verloren. Im Alter von 46 Jahren ist Präsident John F. Kennedy am Freitag, den 22. November, um 13 Uhr Ortszeit im Parkland Hospital in Dallas (Texas) den schweren Schussverletzungen erlegen, die ihm wenige Minuten zuvor von einem Gewehrschützen, der in einem mehrstöckigen Gebäude saß, zugefügt worden waren ...«

JOHANNES LEMBEK, 26
Kriminalkommissar

Das mal vorweg: Polizist bin ich aus Überzeugung.

Im November 1963 war ich erst seit einem halben Jahr Kriminalkommissar, grün hinter den Ohren, Flausen im Kopf, und der Fall, von dem hier die Rede sein soll, war mein erster eigener. Gerade sechsundzwanzig geworden, war ich stolz, bei manchen Ermittlungserfolgen mitgeholfen und das Vertrauen meines Chefs, Hauptkommissar Leo Scharrenberg, erworben zu haben. Scharrenberg, ich kann mich nicht beklagen, war eine wohlmeinende Vaterfigur, und weil mein Vater im Krieg, wie man so sagt, »gefallen« und ich seit meinem zehnten Lebensjahr mit meiner Mutter allein war, fühlte ich mich von Anfang an zu Scharrenberg hingezogen.

Hauptkommissar Scharrenberg rief mich also in sein wie immer zigarrenqualmverhangenes Büro und wie immer bei solcher Gelegenheit erkundigte er sich nach meiner Frau und nach meinen Erfolgen als Tischtennisspieler. Nachdem ich ihm in angemessener Ausführlichkeit berichtet hatte, strich er sich über seinen gelb gesengten Schnauzbart, fuhr mit der linken Hand über die kahle Furt zwischen seinen Resthaaren und sagte: »Lembek, Sie sind jung. Sie sind Idealist. Sie verstehen die Jugend von heute besser als wir alten Knacker.« Damit übergab er mir die Akte *Eduard Köster – Anschlag auf das Privathaus des Bankdirektors.*

»Ihr erster eigener Fall«, sagte Scharrenberg. »Bewährungsprobe sozusagen. Aber hören Sie: Die Sache ist durchaus von höherem Interesse. Ich setze auf Sie.« Auf meinen fragenden Blick: »Sie waren doch am Tatort mit dabei, Lembek, damals im September. Wir sind in dieser Sache nicht weitergekommen seitdem. Nun ist es so: Der Herr Bankdirektor und unser Herr Polizeipräsident sind befreundet ... Sie verstehen, Lembek? Man wird langsam ungeduldig. Man möchte Gewissheit. Man bezweifelt, dass wir mit dem nötigen Nachdruck ermitteln. Das können wir nicht auf uns sitzen lassen, nicht wahr? Also, langer Rede kurzer Sinn: Ich ernenne Sie hiermit zum Sonderbeauftragten in diesem dringlichen Fall.«

Der leise Ton von Ironie in seiner Stimme irritierte mich, aber wie gesagt, ich war noch zu grün, um ihn ganz zu verstehen.

»Gibt es einen konkreten Verdacht?«, fragte ich pflichtschuldig.

»Konkreter Verdacht?«, sagte Scharrenberg. »Das wäre zu viel. Lesen Sie die Akte. Der Bankdirektor fühlt sich bedroht. Das ist verständlich. Und der Schuldirektor Lauenstein ist in Sorge, dass sich möglicherweise einige seiner Schüler auf Abwegen befinden. Laut Aussage dieser beiden Herren ergeben sich gewisse Verdachtsmomente gegen vier junge Leute, zwei Mädchen, zwei Jungen. Prüfen Sie das. Gehen Sie jeder Spur nach. Sie wissen, wenn Sie Fragen haben, können Sie jederzeit zu mir kommen.«

Ich nickte. »Und?«, sagte ich. »Was glauben Sie?«

»Glauben ist Sache der Kirche«, sagte Leo Scharrenberg.

»Bei uns geht es um Tatsachen, junger Mann, um nackte Tatsachen.«

»Ja, natürlich«, sagte ich schnell. Ich starrte auf den blauen Aktendeckel, als würde da schon ein erstes Indiz durchschimmern, und nahm mir vor, mich durch keine weiteren Anfängerfragen zu blamieren. *Sonderbeauftragter in einem dringlichen Fall.* Das war doch was.

Scharrenberg hielt es für richtig, mir noch etwas Aufbauendes mitzugeben. »Sie schaffen das, Lembek«, sagte er. »Sie sind der richtige Mann für diesen Fall. Sie sind noch dran an den jungen Leuten. Sie können mitdenken. Sie haben Spürsinn. Sie können sich einfühlen.«

So viel Lob trieb mir die Röte ins Gesicht. Ich klemmte die Akte unter den Arm und ging.

»Und vergessen Sie nicht«, rief Scharrenberg hinter mir her. »Es gibt ein höheres Interesse an der raschen Aufklärung! Ein ungeduldiges Interesse!«

Natürlich kam ich nicht dazu, mich sofort in die Akte zu vertiefen. So funktioniert Polizeiarbeit nicht. Da greift eins ins andere, und wer glaubt, er könnte zwei Dinge ungestört hintereinander denken und erledigen, hat schon verloren.

»Wo bleibst du denn?«, sagte Kurt Waldmann, als ich unser gemeinsames Büro betrat. »Wir müssen los.«

Ich warf die blaue Aktenmappe auf meinen Schreibtischplatz. Kurt warf im Vorbeigehen einen Blick darauf und grinste. »Ach, du bist jetzt der ›Sonderbeauftragte‹?«

Überrascht sah ich ihn an. Kurt hatte mir eine Menge Erfahrung voraus. Seit drei Jahren arbeitete er unter Scharrenberg. Aber in den letzten Wochen glaubte ich manchmal, eine

Spur von Eifersucht an ihm bemerkt zu haben. Wenn Scharrenberg sich in Dienstbesprechungen lobend über mich ausließ, verzogen meine älteren Kollegen Kurt Waldmann und Lutz Jäger die Gesichter.

»Du kennst diese Sache?«, fragte ich.

Kurt nickte. »Später«, sagte er. »Ich erzähl's dir später.«

Im Laufschritt hasteten wir aus dem Büro und aus dem Polizeigebäude. Draußen im Hof stand der Peterwagen mit den beiden Streifenpolizisten Lehmann und Gückel abfahrbereit.

Immer häufen sich die Ereignisse und oft genug überschlagen sie sich. Immer kämpft man darum, sich in all dem Durcheinander über Wasser zu halten, sich auf das Nächstliegende zu konzentrieren, immer präsent zu sein, mit allen Fasern dem Augenblick zugewandt. So lernt man das auf der Polizeischule. Aber Theorie und Praxis, das sind verschiedene Dinge.

Was jetzt anstand: Festnahme eines jugendlichen Automarders. Vielleicht keine ganz ungefährliche Sache, man weiß nie. Mit der Pistole im Halfter, das ist immer ein komisches Gefühl – man hofft, sie nie ziehen zu müssen.

Selbst Kurt Waldmann war ein bisschen nervös. Ich merkte es an den drei Overstolz, die er sich auf der kurzen Fahrt durch die Lunge zog.

Die Sache war dann aber doch, jedenfalls polizeitechnisch, problemlos. Der 17-jährige Automarder – unschuldiges Milchgesicht, wirre Locken – war geständig und ließ sich ohne Gegenwehr festnehmen. Auf die Spur gekommen waren wir ihm durch seinen Freund und Mittäter, der bereits überführt worden war.

Lehmann und Gückel zogen die noch nicht verkaufte Beute, vier Autoradios, ein Funkgerät, unter dem Bett in seinem Zimmer hervor. Der Junge, schon in Handschellen, stand daneben und verfluchte seinen Freund. Aber Widerstand leistete er nicht.

An die Nieren gegangen ist mir das Gejammer der Mutter, einer Frau Anfang vierzig. »Was soll ich nur machen?«, rief sie händeringend. »Was soll ich machen mit dem Jungen?«

Zwei kleine Kinder, die Stiefgeschwister, wie sich herausstellte, beobachteten alles mit großen Augen und offenen Mündern. In der Küche der engen Sozialwohnung saß, die Bierflasche in den Händen drehend, im blauen Unterhemd, der Stiefvater und brüllte: »Nehmt ihn mit! Locht ihn ein! Zehn Jahre mindestens! Damit er zur Vernunft kommt! Bei Adolf wäre das nicht so weit gekommen mit dem!«

Langes Verhör auf der Wache. Der Junge schien ungerührt. Natürlich wollte Kurt rauskriegen, wer, außer dem schon festgenommenen Freund, noch beteiligt war. Er vermutete eine ganze Bande hinter den in letzter Zeit sich häufenden Autoeinbrüchen. Was mir schwer in den Kopf ging, die Statistik aber belegte: Je mehr sich der Wohlstand ausbreitete, desto mehr Straftaten wurden von Jugendlichen in Stadt- und Landkreis begangen.

Der Junge schwieg beharrlich. Seine Kumpane, wenn er welche hatte, würde er nie verraten. Das sah schließlich auch Kurt Waldmann ein und unterbrach das Verhör, um sich mit Lutz Jäger zu besprechen.

Ich hatte – auch das vielleicht ein Anfängerfehler – Mitleid mit dem Jungen, setzte mich neben ihn und sagte: »Warum machst du das, Junge? Solchen Blödsinn? Es geht dir doch gut. Du hast eine kaufmännische Lehre begonnen. Die Welt steht dir offen. Du hast alle Chancen. Noch nie gab es in Deutschland so viel Freiheit, so viele Möglichkeiten. Warum trittst du das mit Füßen?«

Er zog die Schultern hoch, hob den Kopf und ein kalter Blick bohrte sich in meine Augen, ein Blick, in dem so tiefe Verachtung lag, dass ich erschrak und augenblicklich helle Wut in mir spürte.

Beherrsch dich, sagte ich mir. Dem kannst du so nicht kommen. Für den gibt es nur das Gesetz von Macht und Gegenmacht. Die Spirale, die immer und überall nur Schlimmes in Gang setzt. Dieser Automatismus ist es doch, aus dem man rauskommen muss, wenn sich wirklich was ändern soll.

»Hör mal«, sagte ich so ruhig wie möglich. »Es ist noch nicht lange her, da hatten wir in Deutschland eine Diktatur. Junge Leute wie du, die hatten damals keine Wahl, die hat man einfach ...«

»Hör auf zu predigen!« Lutz Jägers laute Stimme schnitt meine Gedanken ab. Mit vor der Brust verschränkten Armen baute sich Kollege Jäger vor dem Jungen auf und übernahm mit scharfem Ton das weitere Verhör. Kurt Waldmann stand nur noch daneben.

Ich mochte Jäger vom ersten Tag an nicht. Altersmäßig zwar nur fünf Jahre auseinander, waren wir in unserem Denken und Empfinden Lichtjahre voneinander entfernt. Jäger klebte an Formalitäten und hatte Lust an der Macht. Frisch von der Polizeischule war ich auf einer Fortbildungsveranstaltung mit dem Thema *Polizei in der Demokratie* heftig mit ihm aneinandergeraten. Da hatte sich Jäger mächtig aufgeplustert, war gegen die »Weicheier« zu Felde gezogen und hatte dafür plädiert, dass die Polizei viel mehr Befugnisse haben müsse. Ein bisschen, um ihn zu provozieren, aber auch aus ehrlicher Überzeugung hatte ich ihm entgegnet, was mir immer wieder mal durch den Kopf gegangen war: »Eigentlich«, hatte ich damals zu sagen gewagt, »müsste unser erstes Ziel als Polizist doch sein, uns überflüssig zu machen. Die Menschen müssten von sich aus bereit sein, sich an Regeln zu halten. Aus Einsicht in die Notwendigkeit. Klar, ich weiß natürlich, in den nächsten hundert Jahren ist das bestimmt nicht realistisch, aber als Ziel, ich meine, als Ziel sollten wir das nicht aus den Augen verlieren.«

Es war das erste, aber nicht das letzte Mal, dass Jäger mich mit schallendem Gelächter bedachte. Solche windigen Vorstellungen seien es eben, die Recht und Ordnung untergraben würden. Nicht alle waren damals auf seiner Seite, aber ich war mit meiner Meinung ganz klar in der Minderheit. Seitdem nutzt Jäger jede passende und unpassende Gelegenheit dazu, mich als »den Polizisten, der sich selbst abschaffen will« zu verspotten.

Jetzt stieß ich meinen Stuhl zurück und verließ mit Wut im Bauch den Verhörraum. Jäger und Waldmann brauchten mich nicht und als Publikum wollte ich ihnen nicht dienen. Im Rausgehen traf mich der höhnische Blick des Jungen. Mit Lutz Jäger würde er sich in den üblichen Machtkampf verbeißen. Aber auf die Idee, dass es anderes im Leben geben könnte als Hauen und Stechen, würde er nicht kommen.

Eine Weile stand ich noch, zum Dampfablassen, bei Ingeborg König im Sekretariat. Wir teilten die Abneigung gegenüber Lutz Jäger, und wenn es die Zeit erlaubte, klagte sie gern eine Weile über »die Jugend von heute«. Irmgard König hatte einen Sohn in der Hochpubertät. Als ich ihr von dem renitenten jungen Automarder erzählte, bezog sie das sofort auf ihren Sohn. »Genau«, sagte sie. »So sind sie. Abweisend und verschlossen. Krachmusik und lange Haare. Man kommt nicht mehr an sie heran. Möchte mal wissen, was wir ihnen getan haben. Sie haben doch alles. Es geht ihnen so gut wie uns nie.«

In dem Büro, das ich mir mit Kurt Waldmann teile, schnappte ich mir das Diktiergerät und erledigte den liegen gebliebenen Schriftkram. Eine Aufforderung von Scharrenberg an alle war dabei: *Vorschläge für einen verbesserten Arbeitsablauf.* Ich hielt mich ziemlich lange damit auf, vielleicht auch ein bisschen aus Trotz gegenüber Lutz Jäger, der über meine Strebsamkeit sicher wieder die Nase rümpfen würde.

Es wurde halb sechs. Es war Freitag, ein dienstfreies Wochenende lag vor mir. Ich schob die blaue Mappe in meine Aktentasche und machte mich auf den Heimweg.

In meiner Erinnerung ist es, als hätte ich geahnt, dass etwas passiert war. Schon an der Haustür zu unserer Reihenhauswohnung hörte ich die aufgeregte Stimme eines Reporters gleich dreifach, aus unserer und aus den Nachbarwohnungen.

Im Flur kam mir Karen, meine Frau, entgegen. Sie war kreidebleich, hatte verheulte Augen und als Erstes fürchtete ich, es sei etwas mit ihrer Schwangerschaft. Wir sind seit einem Jahr verheiratet und in drei Monaten – so alles gut geht – sind wir zu dritt.

»Hast du gehört?«, fragte Karen. »Sie haben Kennedy ... Ein Attentat ... Er ist tot ...«

Ich starrte sie an. Das konnte doch nicht sein. Das war vollkommen unmöglich. John F. Kennedy. Der Name, mit dem sich so viel Hoffnung verband. Hoffnung auf eine bessere Welt, eine lebenswerte Zukunft.

Ich war wie betäubt. Im Wohnzimmer sahen wir die verwackelten Fernsehbilder vom Attentat in Dallas, hörten die Reporterstimme, die um Fassung rang. Was war das für eine Welt, in der so etwas möglich war? Es kam mir vor, als würde plötzlich ein Stück unserer Zukunft ausradiert.

Am nächsten Tag erschienen die Zeitungen mit großen schwarzen Schlagzeilen und dramatischen Berichten über das Attentat. Überall große Fotos von John F. Kennedy und seiner Frau Jaqueline, die im offenen Wagen neben ihm gesessen hatte und unverletzt geblieben war.

In unserer Nachbarschaft, auf der Straße, beim Bäcker, überall sprach man davon. Es war eine öffentliche Trauer, wie ich sie noch nie erlebt hatte. Vor ein paar Wochen erst hatten wir alle öffentlich um die verschütteten Bergleute in Lengede gebangt. Da war es so gewesen, als sei unsere gemeinsame Hoffnung allein durch unser Mitgefühl erfüllt worden. Und dieses neue, starke Gefühl von Zusammengehörigkeit auch mit uns fernen Menschen war noch Wochen danach deutlich zu spüren gewesen. Kennedys Tod war schlimmer. Amerika, das Land der Freiheit ... Freiheit, die manche so verstanden, dass sie frei waren, jederzeit auch das Böse zu tun. War es dann noch richtig, für die Freiheit den Kopf hinzuhalten, wenn die Freiheit so etwas zuließ?

Die Nacht über konnte ich kaum schlafen und am Sonntagmorgen ging ich joggen, um meine Unruhe totzulaufen. Attentate hat es immer gegeben, versuchte ich mich zu beruhigen und Morde und Kriminelles aller Art. Wir leben nicht im Paradies. Deshalb muss es eben doch Polizisten geben. Menschen, die dafür sorgen, dass alle trotz ihrer Unterschiedlichkeit friedlich zusammenleben können. Wünschen allein hilft nicht. Man muss was tun. Perfekt und endgültig wird die Welt nie sein. Immer bleibt eine Lücke, die einen hilflos macht.

Arbeit hilft zu vergessen. Noch am Sonntag stürzte ich mich auf die Akten, las sie zweimal gründlich durch und machte mir Notizen. Mein erster eigener Fall, dachte ich. Für alles, was ab jetzt ermittelt oder zu ermitteln unterlassen wird, bin ich verantwortlich. Die Sache war lange genug verschleppt worden ...

Am Montag auf dem Revier war kaum ein Gedanke an normale Arbeit. Der Mord an Kennedy war allen in die Knochen gefahren. »Mein Fall« war dagegen verschwindend nebensächlich. Aber ich sagte mir: jeder an seinem Platz. Und war es denn so abwegig, dass aus irregeleiteten jungen Menschen, die heute nur Hauswände beschmieren, morgen gefährliche Täter werden?

Kurt Waldmann hörte nur mit halbem Ohr zu, als ich ihn auf »meinen Fall« ansprach. Irgendwie sei ihm die Akte Köster in seinem Stapel immer wieder nach unten gewandert. »Der Alte war sauer«, sagte er. »Der Polizeipräsident hat ihn gerüffelt. Das hat er dann an mich weitergegeben. Jetzt hast du die Sache am Hut. Viel Erfolg.«

Niemand hatte sich bisher also wirklich auf den Fall eingelassen. Die Hauswand war inzwischen bestimmt wieder sauber, die Scheibe ersetzt, die Versicherung hatte gezahlt. Der äußere Schaden der ganzen Sache war nicht erheblich. Aber was steckte dahinter? Laut Aussage des Schuldirektors konnte man annehmen, es gehe hier vor allem um junge Menschen, die drauf und dran waren, unserer Gesellschaft den Rücken zu kehren.

Jonas Köster, Britta Petersen, Robert Hoffmann. Ich verhörte sie erst einzeln, dann zusammen und Ingeborg König schrieb die Protokolle. Hinterher waren wir uns einig, die erfahrene Polizeisekretärin und ich: Unsere Menschenkenntnis müsste uns schwer täuschen, wenn auch nur einer dieser drei die Fähigkeit besäße, einen Anschlag wie den auf das Haus des Bankdirektors auszuführen.

»Die doch nicht«, bestätigte mich Ingeborg König. »Wer auch nur ein bisschen Lebenserfahrung hat, der kann nicht auf die Idee kommen, dass die so was tun.«

Aber Menschenkenntnis, Lebenserfahrung, Vertrauen, das waren keine juristisch wasserfesten Kategorien, damit konnte ich Scharrenberg nicht kommen. Ich brauchte Fakten, Nachprüfbares. Alles blieb bei Indizien, Gefühlssachen. Dass Jonas Köster mit seinem Onkel über Kreuz lag, war verständlich – aber er schien mir viel zu weich, viel zu sehr Kindskopf, um zu einer Gewalttat fähig zu sein. Britta Petersen hatte zwar entschieden andere Ansichten als Rektor Lauenstein, was die wundersame Geldvermehrung durch Aktien anging – Ansichten, die sie wohl auch aus der DDR in den Westen mitgebracht hatte –, aber ich hielt sie für viel zu impulsiv und geradeaus, als dass sie in der Lage wäre, irgendetwas gezielt zu verschleiern. Und Robert Hoffmann war ein Idealist, ein Träumer – keiner, der Hauswände beschmiert und Scheiben zertrümmert wie Robin der Rächer.

Keiner der drei hatte ein Wort über die Vierte im Bunde gesagt, über Irene/Reni Horn. Sie hatte auf meine Vorladung nicht reagiert und ich hatte noch nicht die Zeit gehabt nachzuhaken. Unverhofft meldete sie sich dann doch, anders als erwartet.

Als ich an einem Freitagmorgen meine Post sortierte, fiel mir ein Briefumschlag auf, handschriftlich an mich adressiert, in windschiefen, stark gegen die Schreibrichtung geneigten Tintenbuchstaben, die aussahen, als habe sie jemand von rechts nach links gebügelt. Ich öffnete das Kuvert. Die gleiche, offenbar verstellte Schrift auf einem weißen Blatt Papier. Keine Anrede, kein Absender:

Wenn Sie wissen wollen, wer das Haus von Bankdirektor Köster beschmiert hat, hier Name und Anschrift:
Fritz Kolbe
Gartenstraße 7
3. Stock
Lassen Sie Jonas Köster in Ruhe. Er hat nichts damit zu tun.

Ich zweifelte nicht daran, wer der Absender dieses Briefes war. Und mein Gefühl sagte mir, ich bin auf der richtigen Spur. Irgendwie kam mir der Name Kolbe bekannt vor, aber es fiel mir nicht ein, in welchen Zusammenhang ich ihn bringen sollte.

Viele Fragen, neue Ungewissheit, alltägliche Polizeiarbeit eben. Jetzt muss schnell gehandelt werden, dachte ich. Vielleicht wird sich dann alles entwirren. Scharrenberg war heute und über das ganze Wochenende nicht im Haus. Ich konnte ihn nicht fragen. Aber er hatte mir im Fall Köster freie Hand gelassen und die Sache war doch klar, fand ich. Mit Lehmann und Gückel fuhr ich also zur Gartenstraße 7.

Altbau, ehemalige herrschaftliche Villa, ausgetretene Steinstufen führten zu einer schweren Haustür hinauf, dunkles Treppenhaus, knarrende Holzstufen, es roch nach feuchtem Putz und ein bisschen nach Bohnerwachs. Im zweiten Stock ein ovales Namensschild *Elisabeth Berger*. Karens Klavierlehrerin hatte so geheißen, fiel mir ein.

Das Klingelschild an der Wohnungstür im dritten Stock war handgeschrieben und kaum leserlich: *F. Kolbe.*

Ich drückte auf den Klingelknopf, Gückel und Lehmann postierten sich links und rechts neben mir.

Ein schlanker junger Mann, Jeans, Norwegerpulli, schulterlange schwarze Haare, öffnete. Als er uns sah, zuckte es in seinem Gesicht. Er musterte die beiden Uniformierten und bedachte uns mit einem spöttischen Lächeln.

Ich zückte meinen Ausweis.

»Fritz Kolbe?«

Er nickte. »Die geballte Staatsmacht«, sagte er. »Welche Ehre.«

»Wir müssen Sie bitten, mit aufs Revier zu kommen«, sagte ich. »Wir haben ein paar Fragen an Sie.«

»Wer ist da, Fritz?«, kam eine weibliche Stimme aus der Wohnung.

»Die Bullen, Schätzchen«, rief Fritz Kolbe über die Schulter zurück.

»Lass deine Witze!«, sagte die Stimme. Im engen Flur tauchte eine junge Frau mit hochgestecktem blondem Haar auf. Als sie uns sah, blieb sie abrupt stehen, fuhr sich mit der Hand vor den Mund und sagte: »Ach du Scheiße!«

»Sie können gleich mitkommen«, sagte ich zu dem Mädchen. »Sie stehen beide im Verdacht, am 13. September dieses Jahres im Haus des Bankdirektors Köster eingebrochen zu sein und die Hauswand mit Parolen beschmiert zu haben.«

Fritz Kolbe sah mich herausfordernd an. »Parolen nennen Sie das? Ich nenne das Wahrheit! Statt sich an uns unschuldigen Studenten zu vergreifen, sollten Sie lieber die alten Nazis in ihren Nestern aufstöbern! Aber bitte. Wenn es der Wahrheitsfindung dient. Wir stehen Ihnen zur Verfügung. Erklären Ihnen gern unsere antifaschistische Aktion. Sie sollten stolz auf uns sein.«

»Das zu bewerten ist Sache der Gerichte«, sagte ich.

Fritz Kolbe verzog das Gesicht zu einem verächtlichen Lachen. »Na klar, die Herren Richter!«, sagte er. »Auf die kann man sich verlassen! Es sind immer noch dieselben, die vor zwanzig Jahren Menschen ins KZ gebracht und Deserteure zum Tode verurteilt haben. Die das bisschen Widerstand gegen die braunen Verbrecher niedergewalzt haben. Und die heute dafür sorgen, dass ihre Schweinereien unter den Teppich gekehrt werden. ›Schmierereien‹, sagen Sie! Dass ich nicht lache!«

Vorsicht, dachte ich. Der wartet nur darauf, dich in eine politische Diskussion zu verwickeln. Das ist nicht Sache der Polizei. Aber ganz ohne Widerspruch konnte ich das nicht im Raum stehen lassen.

»Wir leben inzwischen in einer anderen Zeit, Herr Kolbe«, sagte ich. »Selbstjustiz ist nicht nötig und führt zu nichts.«

Er lachte kurz auf. »Wer's glaubt, wird selig«, sagte er. Dann drehte er sich weg und wandte sich seiner Freundin zu. Wahrscheinlich hielt er mich eines weiteren Gesprächs nicht für würdig.

»Komm, Gitti«, sagte er. »Auf, in die Höhle des Löwen.«

Sein Blick streifte mich und mit beißender Ironie sagte er: »In die Höhle der kleinen gezähmten Löwen, die noch an den Weihnachtsmann glauben.«

Er wollte mich provozieren, wollte mich zu einer aggressiven Reaktion verleiten, aber ich tat ihm den Gefallen nicht und schwieg.

»Mein Alter schlägt mich tot«, sagte die Freundin.

»Soll er mal versuchen«, sagte Fritz Kolbe ungerührt. »Die Karten müssen jetzt auf den Tisch. Wir sind im Recht, Gitti, nicht die alten Faschisten. Vergiss das nicht.«

Wir gingen die Treppe hinunter, Lehmann voran, die beiden Beschuldigten hinter ihm, Gückel und ich zum Schluss.

Im zweiten Stock öffnete sich die Wohnungstür, eine alte Frau mit spitzem Gesicht und wirren Haaren – vielleicht Karens ehemalige Klavierlehrerin – streckte den Kopf heraus und sagte mit gedämpfter Stimme: »Na endlich habt ihr ihn, den Kinderverführer!«

Unten im Flur flüsterte mir Gückel zu: »Sie wissen schon, wen Sie da an der Angel haben?«

Ich sah ihn fragend an.

»Der Sohn vom Oberlandesgerichtsrat.«

Kolbe. Jetzt fiel mir ein, woher ich den Namen kannte. Ich tat, als sei das keine Überraschung für mich, und sagte: »Recht und Gesetz gilt für jedermann.«

Das Verhör brachte keine neuen Erkenntnisse. Fritz Kolbe legte Wert darauf, dass ihre »Aktion« als Akt des Widerstands gegen die alten Nazis gesehen werde. Einen konkreten Beweis für die schuldhafte Verstrickung des Bankdirektors in den Naziterror hatte er aber nicht.

Mit Jonas Köster, ja, mit dem habe er mal telefoniert. Der sei aber noch zu unreif, um sich dem aktiven Widerstand anzuschließen. Eine Irene Horn, nein, die kenne er nicht.

Seine Freundin Gisela Eigner, im sechsten Semester Jura, war wie er »aus gutem Haus«, die Eltern beide Akademiker. Die Freundin trat weniger entschieden auf, war mehr darauf bedacht, sich nicht zu verplappern. Wenn sie nicht weiterwusste, sah sie Kolbe an und der schaffte es immer wieder, sich und seine Freundin als die moralisch besseren Menschen hinzustellen und uns, »die Bullen«, als die Mitschuldigen an allen vergangenen, gegenwärtigen und zukünftigen Übeln der Welt.

Ingeborg König schrieb das Protokoll, Kurt Waldmann und ich stellten die Fragen und nahmen die Personalien auf, dann konnten die beiden gehen. Die Sache würde der Staatsanwaltschaft zugeleitet werden und die musste entscheiden, ob sie Anklage erheben würde.

Keine Stunde später stand Jürgen Kampmeier, der Reporter der Lokalzeitung, in unserem Büro und wollte mich ausquetschen. Ob er denn richtig gehört habe, Fritz Kolbe, der Sohn von Oberlandesgerichtsrat Heinrich Kolbe, sei der Haupttäter beim Anschlag auf das Haus des Bankdirektors Köster? Wie wir der Sache denn auf die Spur gekommen seien? Ob sich der Oberlandesgerichtsrat schon geäußert habe?

Ich hielt mich zurück, sagte, dass wir uns zu einem schwebenden Verfahren nicht äußern könnten und dass alles Weitere jetzt Sache der Gerichte sei. Außerdem sei er ja – wie immer – schneller als jeder Schuss aus der Pistole.

Ich konnte ihn nicht daran hindern, ein Foto zu machen, er redete wie ein Wasserfall, bedankte sich schließlich für das interessante Gespräch und dampfte ab. Als er endlich die Tür hinter sich geschlossen hatte, überkam mich die leise Ahnung, dass ich überrumpelt worden war.

Noch am Freitagabend setzte ich mich hin und tippte eigenhändig einen Bericht über den Vorgang. Zum Schluss schrieb ich, dass die Sache in meinen Augen noch nicht abgeschlossen sei. Ich hielte es für notwendig, den Anschuldigungen des Fritz Kolbe bezüglich der Vergangenheit des Bankdirektors auf den Grund zu gehen. Außerdem, schrieb ich, sollten die Eltern von Britta Petersen meiner Meinung nach über ihr Recht aufgeklärt werden, eine Verleumdungsklage gegen Rektor Lauenstein anzustreben.

Zusammen mit dem Protokoll von Ingeborg König legte ich meinen Bericht auf Scharrenbergs Schreibtisch und ging nach Hause.

Gartenstraße 7, sagte Karen, ja, das sei die Adresse, zu der sie vor zwanzig Jahren, mitten im Krieg, zum Klavierunterricht gegangen sei. Einmal, erzählte sie, war Bombenalarm und sie habe eine ganze Nacht mit ihrer Klavierlehrerin im Luftschutzkeller dieses Hauses verbringen müssen. Panische Angst habe sie da gehabt, ein siebenjähriges Mädchen, von ihrer Familie getrennt, nur fremde Gesichter um sich, und es gab und gab lange keine Entwarnung. Aber die Frau Berger sei gut zu ihr gewesen. Überhaupt habe sie eine freundliche Erinnerung an die damals schon alte, etwas exzentrische Frau, auch wenn aus ihr, Karen, am Ende keine Pianistin geworden sei. Ja, im Treppenhaus habe es schon damals muffig und nach Bohnerwachs gerochen.

Am nächsten Morgen, am Samstag, war mein Bild auf der ersten Seite der Lokalnachrichten. Groß und fett die Schlagzeile:

Sohn des Oberlandesgerichtsrat als Attentäter entlarvt!

Und im Untertitel:

Anschlag auf das Haus des Bankdirektors aufgeklärt

Weiter unten wurde ich zitiert: *Kriminalkommissar Lembek: Es steckt noch mehr hinter der Sache ...*

Hatte ich das wirklich gesagt?

Karen runzelte die Stirn. »Wer weiß, worauf das hinausläuft«, sagte sie.

Ich zog die Schultern hoch. »Wir haben eine freie Presse. Zum Glück. Jeder darf alles sagen.«

»Auch wenn er alles verdreht?«

Über das Wochenende wuchs auch in mir das bedrohliche Gefühl, eine Lawine losgetreten zu haben, die mich überrollen konnte. Ich rechnete damit, dass Scharrenberg sich melden würde, oder Kurt Waldmann, oder sogar Lutz Jäger. Sich in der Presse aufplustern war nichts, was bei der Polizei erwünscht war, und dass ich das nicht gewollt hatte, würde mir keiner glauben.

Es riefen aber nur zwei Freunde an, Nicht-Polizisten, und gratulierten mir zu meinem Fahndungserfolg.

Montag

Mit gemischten Gefühlen ging ich am Montag zum Dienst. Ich hatte mir nichts vorzuwerfen und trotzdem steckte mir die dunkle Ahnung wie ein Kloß im Hals. Schon die mitleidigen

Blicke von Ingeborg König sagten mir alles. Lutz Jäger, na klar, erging sich in Spott: »Gute Pressearbeit, Lembek. Schönes Foto. Sherlock Holmes bei der Arbeit!«

Kurt Waldmann grinste, sagte aber nichts.

Wie erwartet rief mich Scharrenberg in sein schon am frühen Morgen verqualmtes Büro. Er bat mich, die Tür zu schließen, was er sonst nie tat. Ich setzte mich auf den blauen Plastikschalenstuhl, der schon wie arrangiert vor seinem Schreibtisch bereitstand. Er ließ mich warten. Stumm blätterte er in meinem Bericht und in Ingeborg Königs Protokoll, nahm den Zeitungsbericht in die Hand, legte seine halb gerauchte Zigarre auf den Rand des Drehaschenbechers und sah schließlich kopfschüttelnd auf.

»Gratuliere«, sagte er. »Da haben Sie uns schön was eingebrockt.«

»Verstehe ich nicht.«

»Anscheinend verstehen Sie manches nicht, junger Mann«, sagte er in einem gereizten Ton, den er mir gegenüber noch nie angeschlagen hatte. Auch dass er mich nicht beim Namen nannte, war neu.

»Der Sohn des Oberlandesgerichtsrats«, sagte Scharrenberg. »Das ist schließlich nicht irgendwer.«

Fast verschlug es mir die Sprache. »Er hat alles zugegeben«, sagte ich. »Er ist sogar stolz darauf.«

»Sehen Sie, junger Mann«, sagte er mit zunehmender Erregung. »Das ist eben eins von den Dingen, die Sie noch lernen müssen. Wer sagt Ihnen denn, dass er diesen ... diesen anonymen Brief nicht selbst geschrieben hat? Der Kerl ist plemplem. Solche Leute sind nur darauf aus, Publicity zu kriegen. Die wollen doch bloß erreichen, dass sie groß in der Presse rauskommen und dass dann alles Mögliche aufgewühlt wird! Und Sie, Sie machen sich zu deren Helfershelfer!«

Ich starrte ihn mit offenem Mund an und sah nun wohl ziemlich belämmert aus.

Scharrenberg schnaufte.

»Und selbst wenn es nicht so ist«, sagte er und versuchte, sich zu beruhigen. »Warum muss das sofort durch die Presse gezogen werden? Eine angesehene Persönlichkeit, der Oberlandesgerichtsrat, wird mir nichts, dir nichts mit Dreck beworfen! Und hier, was soll denn das …?« Er tippte auf den Zeitungsartikel und las vor: »*… Kriminalkommissar Lembek: Es steckt noch mehr hinter der Sache …* Was soll denn das heißen? Das kann doch nur heißen, dass der Bankdirektor Köster, das Opfer des Anschlags, zum Angeklagten gemacht werden soll. Dass die Wühlmäuse jetzt losziehen und aus jeder Maus einen Elefanten machen! Das kennen wir doch!«

Es fiel mir schwer, mich zu beherrschen. Ich sprang vom Stuhl auf und lief vor seinem Schreibtisch hin und her.

»Erstens«, rief ich, »habe ich das so nicht gesagt. Wie sich der Journalist Kampmeier ausdrückt, dafür kann ich nichts. Und zweitens …«

»Natürlich können Sie was dafür!«, donnerte Scharrenberg. »In einer so brisanten Angelegenheit redet man nicht mit den Zeitungsfritzen! Da hält man den Mund. Da bringt man nicht unbescholtene Persönlichkeiten ins Zwielicht!«

»Ich habe Kampmeier nicht bestellt«, verteidigte ich mich. »Der wusste doch sowieso schon alles. Keine Ahnung, von wem.«

Er sah mich triumphierend an. »Sehen Sie!«, sagte er und

stieß seinen Zeigefinger in die Luft. »Von dem missratenen Sohn wusste er das! Der will doch, dass alles an die große Glocke gehängt wird!«

»Das könnte sein«, gab ich zu. Meine Laufkreise waren größer geworden. Ich schwenkte wieder auf Scharrenbergs Schreibtisch ein.

»Trotzdem bin ich der Meinung, dass es ein öffentliches Interesse daran gibt zu erfahren, was der Bankdirektor Köster in der Zeit des Nationalsozialismus getan oder nicht getan hat. Ich halte es für meine Pflicht, darauf zu dringen ….«

Scharrenberg stemmte die Hände an den Rand seines Schreibtischs, seine Augen quollen fast heraus. Einen Augenblick dachte ich, er wolle auf mich losgehen.

Aber er ließ sich wieder in seinen Sessel fallen und nach ein paar Schnaufern hatte er sich wieder unter Kontrolle. Er nahm die erkaltete Zigarre vom Aschenbecher, ließ das Feuerzeug schnappen und stieß mir eine frische Rauchwolke entgegen.

»Lembek«, sagte er mit knapp beherrschter Stimme. »Sie wissen, dass ich immer große Stücke auf Sie gehalten habe. Ihr Eifer in Ehren. Ihr Idealismus hat mir immer gefallen. Aber nun entpuppen Sie sich als Revoluzzer. Der Fall ist geklärt. Punktum. Unsere Aufgabe ist es nicht, uns zu Handlangern der Weltverbesserer zu machen, welcher Richtung auch immer. Geben Sie sich zufrieden mit Ihrem Fahndungserfolg. Damit haben Sie genug Unheil angerichtet.«

»Wie bitte? Unheil?« Ich spürte, wie mir die Röte ins Gesicht stieg. So wollte ich mich nicht abspeisen lassen.

Sein väterliches Lächeln hatte auf einmal etwas Doppelbödiges, Herablassendes. War er am Ende auch ein Ewiggestriger? Hatte er vielleicht selber …

»Ich habe Ihnen doch gesagt«, seufzte er, »die Sache ist von höherem Interesse.«

»Sie meinen, der Polizeipräsident, der Oberlandesgerichtsrat, der Bankdirektor ... die stecken die Köpfe zusammen und ...?«

Scharrenberg nickte. »Sehen Sie«, sagte er leise. »Sie verstehen ganz gut. Geben Sie sich zufrieden. Aufgabe der Polizei ist es, Gesetzesbrecher zu fassen. Wie auf der höheren Ebene die Fäden gezogen werden, ist unsere Sache nicht. Zu idealistisch darf man nicht sein in unserem Beruf. Ihnen fehlt die nötige Härte, Lembek. Wenn ich Ihren Bericht lese ... meine Güte, mit fliegenden Fahnen sind Sie auf die Seite dieser jungen Leute gewechselt ...«

»Aber die sind doch unschuldig!«, unterbrach ich ihn. »Weder bei Jonas Köster, Britta Petersen, noch bei Robert Hoffmann findet sich auch nur die kleinste Spur eines Verdachts. Da bin ich ganz sicher.«

»Langsam, langsam«, sagte Scharrenberg und zog einen neuen Trumpf aus dem Ärmel. »Nehmen wir mal an, Sie haben recht und der sogenannte anonyme Brief ist von dieser Irene Horn. Dann stellt sich doch die Frage, woher weiß die das. Darauf kann es nur eine Antwort geben, nämlich dass sie näheren Umgang mit dem Kolbe-Sohn hatte. Und sehr wahrscheinlich hängen die drei anderen da mit drin. Die sind alle kreuz und quer miteinander befreundet, wie Sie schreiben. Und die haben ja auch schon die Revolution geprobt mit dieser Schülerzeitungssache. Sie sind da zu blauäugig, Lembek.«

Irgendwie hatte er mich nun doch erwischt. Die Sache mit Fritz Kolbe und seiner Freundin war so schnell gekommen.

Mit Irene Horn hatte ich noch nicht gesprochen. Vielleicht gab es da doch blinde Stellen.

»Wir müssen nun sehen, wie wir den Schaden beheben«, sagte Scharrenberg, nun wieder in dem Ton, in dem er seine dienstlichen Anweisungen erteilt. »Ab sofort, Lembek: kein Kontakt mehr mit der Presse in dieser Angelegenheit. Und dann ...« Er tippte mit den Fingerkuppen der rechten Hand auf meinen Bericht. »... Ihre privaten Meinungen, Lembek, die verkneifen Sie sich gefälligst. Ich sage es noch mal: Was der Bankdirektor Köster in der braunen Zeit getrieben hat, geht uns nichts an. Da lassen wir die Finger davon. Und hier ... was fällt Ihnen denn da ein: ... *sollten die Eltern von Britta Petersen über ihr Recht aufgeklärt werden, eine Verleumdungsklage ...*, also, Lembek, das ist ja wohl die Höhe! Wollen Sie auch noch den Rektor Lauenstein mit Dreck bewerfen? Das lassen Sie mal schön bleiben, Lembek! Auf diesem Weg kommen Sie nicht weiter. Und das wäre schade für Ihre hoffnungsvolle Karriere! Und jetzt versprechen Sie mir, dass Sie in dieser Sache nichts weiter unternehmen werden. Ist das klar?«

Mein Herz raste, pochte wie wild. Wenn ich jetzt nicht widerspreche, nicht aufschreie, nichts tue, durchfuhr es mich, dann kann ich mich nicht mehr im Spiegel ansehen.

»Nein!«, sagte ich mit zitternder Stimme. »Das werde ich Ihnen nicht versprechen. Nie!«

»Lembek«, sagte Scharrenberg. »Machen Sie sich nicht unglücklich. Sie haben eine Frau und demnächst ein Kind. Sie sind doch kein Desperado.«

Mir wurde schwarz vor Augen, die Stimme blieb mir weg. Es war, als müsste ich ersticken. Ich drehte mich um und rannte wortlos aus seinem verqualmten Büro.

»Lembek!«, rief er hinter mir her. »Besinnen Sie sich!«

Ich hastete über den Gang. Ingeborg König blieb stehen und sah mich mit aufgerissenen Augen an.

Luft – ich brauchte Luft und rannte aus dem Polizeigebäude hinaus in den trüben Dezembertag. Der Wind wehte Regentropfen von den Ästen der Bäume im Stadtpark in mein Gesicht. Ich nahm kaum wahr, wohin ich lief. Irgendwann setzte ich mich auf eine feuchte Bank am Teich und beobachtete die Enten und Schwäne, die sich am Futterhäuschen unter der Trauerweide drängten. Ich sah sie und sah sie auch nicht. In mir war alles durcheinandergeraten. Das erste Mal in meinem Leben wusste ich nicht weiter.

Mit so viel Überzeugung war ich Polizist geworden. Mit jeder Faser meines Daseins fand ich es richtig, mich einzusetzen für diesen neuen demokratischen Staat, für Freiheit, für Gerechtigkeit. Waren das denn nur leere Worte, hochgehaltene Schablonen, die nichts galten, wenn »höhere Interessen« im Spiel waren? Scharrenberg, Köster, Lauenstein, der Polizeipräsident, der Oberlandesgerichtsrat – war das eine Seilschaft, eine heimliche Macht, die alles erstickte, was mir wichtig und wert war? War das der Staat, für den ich mich mit Haut und Haar einsetzen wollte?

Aufgewühlt und ratlos lief ich durch den Stadtpark, durch die Fußgängerzone, und erst als mir das Wasser aus den Haaren in den Nacken tropfte, bemerkte ich den Nieselregen. Schließlich ging ich zum Polizeirevier zurück und betrat ohne anzuklopfen Scharrenbergs Büro.

Er sah von seinem Schreibtisch auf, leicht erschrocken. Durchnässt, mit triefenden Haaren war ich wahrscheinlich ein bedrohlicher Anblick. Ich setze mich in den blauen Plastikstuhl, der immer noch vor seinem Schreibtisch stand, und sah eine Weile schweigend vor mich hin.

Scharrenberg sog an seiner Zigarre und sagte auch nichts. Eigentlich war ja alles gesagt, das Vater-Sohn-Verhältnis zwischen uns aufgekündigt. Auch er schien ratlos, wie es mit uns weitergehen sollte.

»Ich habe noch eine Woche alten Urlaub«, sagte ich schließlich. »Den möchte ich jetzt nehmen.«

Scharrenberg, in seiner Rauchwolke, nickte. »Einverstanden«, sagte er. »Vielleicht ist es das Beste, Sie spannen mal aus und ...«

»Und die höheren Interessen haben nichts mehr, was ihnen im Wege steht«, unterbrach ich ihn.

Er seufzte. »Nun fangen Sie nicht schon wieder an«, sagte er, als wären wir zwei kleine Jungen, die sich nach einem harmlosen Streit wieder versöhnen wollen.

»Ich brauche Zeit«, sagte ich. »Ich muss mir vieles überlegen.«

Scharrenberg sah mich lange schweigend an. Vielleicht war in seinem Blick außer Misstrauen noch etwas anderes – etwas wie ehrliches Bedauern. »Tun Sie das«, sagte er endlich. »Aber machen Sie keine Dummheiten, hören Sie. Es täte mir leid um Sie.«

An diesem Abend redeten wir, bis weit in die Nacht hinein, Karen und ich. War ich nicht geeignet für meinen Beruf? Nicht hart genug? Hatte ich zu viele Illusionen? Zu hohe Erwartungen?

Unsinn, sagte Karen. Aber was ich tun sollte, konnte sie mir auch nicht sagen.

Was bliebe mir denn, wenn ich alles hinschmeißen, meinen geliebten Polizeiberuf aufgeben würde? Detektiv im Kaufhaus? Oder als freier Detektiv in irgendwelchen Eifersuchtsaffären untreuen Ehepartnern nachsteigen? Nein, ich wollte für dieses Land da sein. Aber wer war dieses Land? Scharrenberg? Der Polizeipräsident? Der Oberlandesgerichtsrat? Der Bankdirektor Köster? Der Rektor Lauenstein?

Karen stand auf meiner Seite, aber sie war ratlos wie ich. Wir bastelten an Notplänen für alle denkbaren Fälle. Mit viel weniger Geld würden wir nicht auskommen, und auch wenn Karen nach dem Mutterschutz wieder als Grundschullehrerin arbeiten würde, ohne mein Gehalt würde es mit Kind – und wir wünschten uns zwei oder drei – knapp werden.

Es wurde eine Woche, in der für mich alles auf der Kippe stand, in der ich mir vorkam, als sei mir der Boden unter meinen Füßen weggezogen. Der Abgrund stand vor meinen Augen. Aber da war auch ein seltsam prickelndes Gefühl, das mir sagte, dass es richtig war, aller Sicherheit zu trotzen.

Dienstag

An meinem ersten freien Tag fuhr ich nachmittags zu den Petersens hinaus. Ich wollte sie – privat und unabhängig von allen polizeilichen Pflichten – über die Möglichkeit aufklären, eine Verleumdungsklage gegen Rektor Lauenstein anzustrengen. Für den Fall, dass sie davon Gebrauch machen wollten, versprach ich ihnen, mit einem Rechtsanwalt über die Sache zu reden.

Die Petersens bedankten sich und sagten, dass sie sich

nicht noch mehr Ärger aufhucken wollten. Britta müsse das nun auslöffeln, was sie sich eingebrockt habe.

»Passiert ist passiert«, sagte Herr Petersen resigniert. »Was bringen uns Rachegelüste?«

»Ach Sie schon wieder«, sagte Jonas Köster, als er mir öffnete. Seine Mutter, eine kleine, zerbrechlich wirkende Frau, schaltete sofort auf Abwehr, als sie hörte, worum es ging.

Es war nicht leicht, ihnen klarzumachen, dass ich nicht als Polizist, sondern privat gekommen war.

»Der Fall ist abgeschlossen«, sagte ich. »Der Täter ermittelt ...«

»Stand ja in der Zeitung«, sagte Jonas.

Ich hatte Scharrenbergs Theorie im Kopf, nach der es vielleicht doch eine Verbindung zwischen den miteinander befreundeten Jugendlichen und Fritz Kolbe geben könnte.

»Aber unklar ist, ob ihr den Fritz Kolbe nicht doch ...«

»Na ja«, sagte Jonas Köster. »Der Kerl hat hier angerufen. Ohne seinen Namen zu sagen, natürlich. Wegen Reni habe ich Ihnen das nicht erzählt. Aber das wissen Sie ja jetzt, dass die Reni und der Kolbe ... Der wollte, dass ich ihm sage, dass mein Onkel ein Nazi war, der Knallkopp ...«

»Wie ist denn die Reni an den Kolbe gekommen?«

»Das fragen Sie sie am besten selber.«

»Na gut«, sagte ich. »Weswegen ich aber hauptsächlich gekommen bin ... Die Sache mit deinem Onkel. Seit fünf Jahren gibt es ein großes Archiv, mit dessen Hilfe man Naziverbrechern auf die Spur kommen kann ...«

»Uns lassen Sie da aus dem Spiel«, sagte Frau Köster schnell. »Wir wollen damit nichts zu tun haben.«

»Aber Mama ...« Jonas widersprach seiner Mutter nur lauwarm.

»Ich will gar nicht wissen, wie viel Dreck er am Stecken hat«, sagte Frau Köster mit abwehrender Geste. »Was er seinem Bruder, was er uns angetan hat, das lässt sich durch nichts wiedergutmachen. Auch nicht, wenn Sie ihn ins Gefängnis stecken.«

Das Geld. Natürlich wieder das Geld. Würde Kösters Schwägerin dazu beitragen, dass der Bankdirektor hinter Gittern landete, würde er sie voraussichtlich nicht mehr finanziell unterstützen. Und von dem bisschen Kriegerwitwenrente und Putzfrauenlohn war es sicher nicht einfach zu leben.

»Es ist, wie es ist«, sagte Frau Köster wie abschließend. »Du sollst eine ordentliche Ausbildung kriegen, Junge.«

Unverrichteter Dinge machte ich mich auf den Heimweg. Sie würden Eduard Köster nicht in Bedrängnis bringen. Was für mich Gerechtigkeit war, war für sie Nachteil.

Wieder meldete sich das bedrohliche Gefühl, die Wut, die Angst, die Hilflosigkeit. Wenn meine privaten Ermittlungen in dieser dienstlichen Angelegenheit Scharrenberg oder etwa dem Polizeipräsidenten zu Ohren kamen, könnten sie mir leicht einen Strick daraus drehen. Doch ich wollte den »höheren Interessen« die »unteren Interessen« entgegensetzen. Aber wie es aussah, wollten die Menschen mit »unterem Interesse« lieber ihre Ruhe haben und nicht hineingezogen werden in die Auseinandersetzungen um Gerechtigkeit.

Mittwoch

»Die Reni«, erfuhr ich von ihrer Mutter, der Bäuerin, »zieht es in die Stadt. Die ist jetzt mehr bei ihrer Tante als zu Hause.«

Sie gab mir die Adresse ihrer Schwester und ich fuhr hin.

Ich traf Reni Horn allein in der Wohnung ihrer Tante an. Etwas in ihren Augen sagte mir, dass sie froh war, dass ich endlich gekommen war, dass sie endlich reden konnte.

»Hallo«, sagte ich. »Johannes Lembek. Darf ich reinkommen?«

Erst gab sie sich verschämt. Fremde Männer könne sie nicht einfach so in die Wohnung lassen, solange ihre Tante nicht da sei.

»Ich wollte mich bedanken«, sagte ich. »Für Ihren Brief.«

Sie schnappte nach Luft, wollte empört aufbrausen, aber dann stiegen ihr plötzlich Tränen in die Augen.

»Der gemeine Kerl, der!«, sagte sie mit wackliger Stimme. »Der hat mich nur ausgenutzt! So was von fies war der!«

Sie ließ mich nun doch in die Wohnung und auf der Eckbank in der Wohnküche ihrer Tante erzählte sie mir von ihrer Affäre mit Fritz Kolbe, dass sie eine blöde Kuh gewesen sei, blind und dämlich, und dass sie froh sei, dass endlich alles vorüber war.

»Der nutzt alle aus. Auch Jonas wollte er für sich einspannen. Aber der hat ihn abfahren lassen. Jonas hat nichts damit zu tun!«

»Hören Sie«, sagte ich. »Was Sie da über Fritz Kolbe erzählen. Sie können ihn anzeigen, wissen Sie das? Verführung Minderjähriger. Dafür kann man hinter Gitter kommen.«

»Bloß nicht!«, rief sie erschrocken. »Dann wird das auch

noch breitgetreten! Dann steht das in der Zeitung! Dann zerreißen sich alle die Mäuler! Bitte nicht! Bitte, sagen Sie es nicht weiter!«

Ich versprach es. »Der Fall ist aufgeklärt. Dank Ihrer Mithilfe. Das Weitere geht die Polizei nichts an.«

Reni Horn schien erleichtert.

Auf dem Rückweg zu meinem Auto fiel mir auf, dass ich Reni Horn mit »Sie« angeredet hatte. Warum eigentlich? Sie war nicht älter als Robert, Britta und Jonas. Aber sie bemühte sich, erwachsener zu wirken als die drei. Und das machte sie unglücklich.

Donnerstag

Eduard Köster ließ mich eine halbe Stunde warten. Dann endlich führte mich seine Sekretärin, eine hübsche Brünette, mit bewundernswert sicherem Stöckelschuhgang in den hinteren Bereich der Bank zum Allerheiligsten, dem Büro des Direktors.

Er war kleiner und unscheinbarer, als ich ihn vom Tatabend und von den Fotos in der Zeitung in Erinnerung hatte. Er thronte auf seinem ausladenden Chefsessel hinter seinem mächtigen Schreibtisch aus Eichenholz und natürlich – er hatte wenig Zeit.

»Was wollen Sie denn noch?«, sagte er zur Begrüßung. »Die Sache ist doch abgeschlossen. Ein politischer Wirrkopf. Bedauerlich. Der Oberlandesgerichtsrat leidet am meisten darunter. Die jungen Leute heutzutage ... denen geht es zu gut. Die haben die Notzeiten nicht erlebt ...«

Bevor ich zu Wort kam, hielt er mir einen Vortrag über die

Jugend von heute, die im Begriff sei, alles niederzureißen, was seine Generation seit Kriegsende mühsam wieder aufzubauen versucht habe.

Als er endlich Luft holen musste, fuhr ich ihm in die Parade: »Vielleicht wünscht sich die Jugend von heute nicht das Alte zurück, sondern will etwas Neues ...«

In seinen Augen blitzte es. Er hatte mich jetzt endgültig als seinen Feind erkannt. »Kommen Sie mir nicht so!«, sagte er. »Ich denke, Sie sind bei der Polizei. Ach, richtig ... Sie sind dieser Übereifrige, wie Ihr Vorgesetzter es ausdrückt. Selbst so ein Wirrkopf, wie? Am Ende verteidigen Sie diesen Schmierer wohl noch, was?«

Ich versuchte, so ruhig wie möglich zu bleiben.

»Hören Sie, Herr Direktor«, sagte ich. »Ich verteidige niemanden. Und ich bin heute nicht als Polizist hier, sondern privat. Mich beschäftigt diese Sache. Ich finde, Sie haben den jungen Leuten Unrecht getan. Sie haben Ihren Neffen und seine Schulfreunde leichtfertig in Verdacht gebracht ...«

»Das geht Sie einen Dreck an!«, polterte er los. »Herr ... Herr ...«

»Lembek«, sagte ich. »Und bevor Sie mich rauswerfen: Es steht da etwas im Raum. Eine Anschuldigung, Ihre Vergangenheit betreffend. Das dürfte die Öffentlichkeit interessieren. Seien Sie versichert, es gibt inzwischen Mittel und Wege, Licht in die dunkle deutsche Vergangenheit zu bringen.«

Er schnaubte, er wurde abwechselnd rot und blass. Mit gepresster Stimme stieß er hervor: »Sie ... Sie wollen mir drohen?«

»Nein«, sagte ich. »Nicht drohen. Im Gegenteil. Ich spiele mit offenen Karten. Sie können sich jederzeit beschweren.

Beim Polizeipräsidenten. Bei Leo Scharrenberg. Sie kennen die Herren ja bestens.«

Er sprang hinter seinem Schreibtisch auf. »Raus!«, schrie er und streckte den Arm Richtung Tür aus. »Machen Sie, dass Sie rauskommen!«

Freitag

Noch nie hatte ich einem so beherrschten, messerscharf denkenden Menschen wie Rektor Lauenstein gegenübergesessen. Alles an ihm war korrekt, vom schnurgeraden Scheitel über die tadellos sitzende Hornbrille, den Knoten in der taubenblauen Krawatte, das Einstecktuch in gleicher Farbe, das weiße Hemd, das graue Jacket bis zu den exakten Bügelfalten in der Hose. Dass es Britta Petersen gelungen sein sollte, den Rektor Lauenstein aus der Fassung zu bringen, konnte ich mir kaum vorstellen.

»Unser pädagogisches Ethos«, erklärte der Rektor, »ist es, unsere Schüler auf das Leben vorzubereiten, das sie erwartet. Und zweifellos wird ihr Leben geprägt sein von wirtschaftlichen Vorgaben, denen es zu entsprechen gilt. Sie sollen beizeiten lernen, ihren Vorteil zu erkennen und nüchtern und sachlich zu entscheiden. Und ja – sie sollen auch lernen, in angemessener Weise ihre Ellbogen zu gebrauchen, wenn es denn sein muss. Dem klaren Verstand gehört die Zukunft. Wir würden uns an der kommenden Generation versündigen, wenn wir etwas anderes lehrten.«

Mich fröstelte. War es das, wofür dieser Staat stand? Für die kommende Generation egoistischer Ellbogenmenschen?

Robert Hoffmann, Britta Petersen, Jonas Köster, Reni Horn – sie waren alle Schüler seiner Schule. Doch wie es aussah, war es noch nicht gelungen, ihre Gefühle abzuklemmen. Britta Petersen hatte ihm die Stirn geboten – mit allen unliebsamen Konsequenzen.

»Wenn ich mir die Bemerkung erlauben darf, Herr Dr. Lauenstein«, sagte ich. »Im Fall Britta Petersen haben Sie – ganz im Gegensatz zu Ihrer rationalen Weltsicht – aber doch sehr emotional gehandelt.«

Er rückte seinen tadellosen Krawattenknoten zurecht und flüchtete sich in ein unverbindliches Lächeln. »Sehen Sie«, sagte er, »wir befinden uns heute mitten in einem ideologischen Kampf. Ost gegen West. West gegen Ost. Da geht es nun mal um zweierlei Denken. Und ich kann es nicht zulassen, dass kommunistisches Gedankengut hier an unserer Schule ...«

»Aber die Familie Petersen ist aus der DDR geflohen«, sagte ich. »Eben wegen der dort fehlenden Freiheit. Und weil sie in einem demokratischen Staat leben wollte.«

»Wie auch immer«, sagte der Rektor. »Was dieses Mädchen von sich gibt, ist verseucht von ideologischer Schönfärberei. Solche Leute können wir hier nicht gebrauchen. Die untergraben alles, was uns zu Wohlstand bringt. Die stemmen sich gegen den Fortschritt. Aber was rede ich? Und mit wem? Sie werden das nicht verstehen. Sie wollen das nicht verstehen.«

Er erhob sich, zum Zeichen, dass er das Gespräch für beendet hielt.

Auch ich stand vom Stuhl auf.

»Ich habe Ihre Schule nicht durchlaufen, Herr Dr. Lauenstein«, sagte ich. »Sie werden mir deshalb zugestehen, dass ich manches anders sehe. Nach allem, was ich über den Fall Köster weiß, haben Sie und Bankdirektor Köster vier junge Menschen vorschnell in einen bösen Verdacht gebracht. Der einzige Schluss, den ich daraus ziehen kann, ist der, dass Sie guten Grund haben, sich bei den jungen Leuten und bei der Familie Petersen zu entschuldigen.«

Nein, er verlor die Fassung nicht. Er wechselte nur den Ton.

»Wie, sagten Sie, ist Ihr Name? Lembek? Ach ja, Sie sind der nimmermüde Robin Hood, von dem mir der Herr Polizeipräsident erzählt hat. Sie wollen also Ihre Kräfte messen, junger Mann? Nur zu. Aber wundern Sie sich nicht. Es wird nicht zu Ihrem Vorteil sein.«

Also Machtkampf. Das war es, worauf alles immer hinauslief.

Wortlos drehte ich mich um und ging.

Es war gerade große Pause, als ich das Gebäude verließ. Reni Horn, Jonas Köster und Robert Hoffmann standen auf dem Schulhof zusammen. Wir grüßten uns aus der Ferne mit Handzeichen, lächelnd. Hoffentlich, ging es mir durch den Kopf, hat der Rektor wenigstens die Größe, sie nicht in den Machtkampf einzubeziehen.

Ich fühlte mich nicht wie Robin Hood, kein bisschen heldenhaft. Nur leichter, ja, leichter dann doch.

Wochenende

Wie sollte ich mich entscheiden? Scharrenberg und den »höheren Interessen« trotzen und also den Polizeidienst aufgeben? Ein reines Gewissen haben, aber eine ungewisse Zukunft? Oder nachgeben, mitmachen, mich einspannen lassen? Mit dazu beitragen, dass alles so weiterging, wie ich es nicht richtig fand? Sicher, ich war nur ein kleines Rädchen im großen Getriebe. Aber wie mein, wie unser Leben weitergehen würde, das hing jetzt von meiner Entscheidung ab.

Das ganze Wochenende redeten wir hin und her und blieben ratlos. Ich sprach mit Freunden, telefonierte. Alle verstanden mich. Aber keiner konnte mir sagen, was ich tun sollte. Am Ende mussten wir das allein entscheiden, Karen und ich.

Ich spürte es so deutlich wie nie: Ich war erpressbar. Erpressbar mit dem, was mir das Liebste war in meinem Leben.

1968

Wie ich mich entschieden habe?

Diese Zeilen schreibe ich fünf Jahre später, am Tag, an dem Leo Scharrenberg pensioniert wird. Wir haben uns zusammengerauft damals, Leo Scharrenberg und ich. Meine privaten Ermittlungen waren ihm ein Dorn im Auge, aber ein Dienstverfahren gegen mich wollte keiner einleiten. Zu vieles wäre auf den Tisch gekommen, was »die da oben« in Verlegenheit gebracht hätte. Ob und wie man das Private und das Berufliche voneinander trennen soll oder nicht – darüber haben wir uns in den letzten fünf Jahren immer wieder gestritten. Wir haben uns darauf geeinigt, dass wir uns nicht einigen können. Der Widerspruch ist das einzig Verlässliche zwischen uns.

Leo Scharrenberg, »der große Leo«, sagt, er sei froh, endlich von Bord gehen zu können. Vieles, was jetzt in der Welt passiert, verstehe er nicht mehr. Statt der Oberen, die mit den »höheren Interessen«, haben sich inzwischen unüberhörbar die von unten zu Wort gemeldet. Den aufbegehrenden Studenten, den Lehrlingen, den vielen Menschen, die jetzt Mitsprache fordern, traut er die Weltverbesserung nicht zu. Er bleibt mit Nachdruck einer von gestern. Und heute räumt er seinen Stuhl. Immerhin hat er als seinen Nachfolger Kurt Waldmann vorgeschlagen, nicht Lutz Jäger.

Wie so vieles aus der Vergangenheit bleibt auch die Frage ungeklärt, ob Eduard Köster sich in der Nazizeit schuldhaft verhalten hat oder nicht. Ohne Beweis keine Anklage. Ich habe es – mit Rücksicht auf Jonas Köster und seine Mutter – nicht fertiggebracht, auf Nachforschungen in dieser Angelegenheit zu dringen. Ob das richtig war? Ich weiß es nicht.

Aber so viel weiß ich trotz aller nicht auflösbaren Widersprüche: Es ist richtig, sich für dieses Land einzusetzen. Es hat sich verändert, langsam, im Schneckengang. Nach Leo Scharrenberg, Eduard Köster und Rektor Lauenstein sind Jonas Köster, Britta Petersen, Robert Hoffmann, Reni Horn, Fritz Kolbe und seine Freundin Gitti gekommen und nach ihnen werden wieder andere kommen, die »unser Land« sind.

Es bleiben die Fragen.

Das Große spielt dem Kleinen die Bälle zu und das Kleine dem Großen. Wir spielen mit.

ZEITUNGSSPLITTER 1968

+++ In Kapstadt, Südafrika, gelingt die zweite Herztransplantation durch Prof. Barnard. Der Patient überlebt eineinhalb Jahre.

+++ Der Kultfilm »Zur Sache, Schätzchen« von May Spils hat Premiere.

+++ In Österreich wird die Todesstrafe abgeschafft.

+++ Der westdeutsche Bundestag debattiert über die Studentenunruhen und die Notwendigkeit einer Hochschulreform.

+++ Winterolympiade in Grenoble.

+++ Senator Robert Kennedy gibt seine Absicht bekannt, bei den amerikanischen Präsidentschaftswahlen im Herbst als Kandidat der Demokratischen Partei anzutreten.

+++ Juri Gagarin, der erste Mensch im Weltraum, kommt bei einem Flugzeugabsturz ums Leben.

+++ Der Führer der amerikanischen Bürgerrechtsbewegung Pastor Martin Luther King wird in Memphis ermordet.

+++ Der Studentenführer Rudi Dutschke wird in Berlin bei einem Revolverattentat lebensgefährlich verletzt.

+++ Die rechtsradikale NPD gewinnt bei den Landtagswahlen in Baden-Württemberg zwölf Sitze.

+++ Studentendemonstrationen und Streiks in Paris und anderen französischen Städten legen zeitweise das öffentliche Leben lahm.

+++ Beim Sternmarsch auf Bonn gegen die Notstandsgesetze nehmen 30 000 Menschen teil. Die Gesetze werden dennoch kurz darauf vom Bundestag verabschiedet.

+++ Ein Teil der APO, der außerparlamentarischen Protestbewegung in Deutschland, radikalisiert sich. Als »Baader-Meinhof-Gruppe«, später »Rote Armee Fraktion«, RAF, begehen die selbsternannten Revolutionäre bis in die Neunzigerjahre hinein politisch motivierte Morde an Wirtschaftsführern und herausragenden Personen des öffentlichen Lebens.

+++ Robert Kennedy wird bei einem Attentat in Los Angeles ermordet.

+++ Der Einmarsch der Truppen der Warschauer-Pakt-Staaten (UdSSR, DDR, Polen, Ungarn und Bulgarien) in die CSSR beendet den »Prager Frühling«, den Versuch der tschechoslowakischen KP-Führung, einen »Sozialismus mit menschlichem Antlitz« einzuführen.

+++ Abschluss der Sommerolympiade in Mexiko.

+++ Ein Schwurgericht in Frankfurt am Main verurteilt die Kaufhausbrandstifter Andreas Baader, Horst Söhnlein, Gudrun Ensslin und Thorwald Proll zu je drei Jahren Zuchthaus.

+++ US-Präsident Johnson befiehlt die Einstellung der Bombenangriffe auf Nordvietnam.

+++ Richard Nixon gewinnt die Präsidentschaftswahlen in den USA.

+++ Drei amerikanische Astronauten kehren nach Mondumrundung zur Erde zurück.

HERBERT GÜNTHER wurde 1947 in Göttingen geboren und ist in einem kleinen Dorf zwischen Göttingen und Duderstadt aufgewachsen. Nach einer Buchhandelslehre arbeitete er als Lektor und leitete eine Kinderbuchhandlung in Göttingen. Er schrieb Drehbücher für Kinderfilme im ZDF und ist seit 1988 freier Schriftsteller. Zusammen mit seiner Frau Ulli übersetzt er auch Kinder- und Jugendbücher aus dem Englischen ins Deutsche. Für seine Bücher wurde er unter anderem mit dem Friedrich-Bödecker-Preis ausgezeichnet. Er lebt mit seiner Familie und vielen Büchern in Friedland bei Göttingen. Bei Gerstenberg ist von ihm außerdem erschienen: *Zeit der großen Worte*.

Herbert Günther

Zeit der großen Worte

272 Seiten, gebunden
ISBN 978-3-8369-5757-1

1914. Der Erste Weltkrieg bricht aus. Paul lebt in einer Zeit, in der es schwer ist, kein »Held« zu sein. Die Schrecken des Krieges machen auch vor seiner Familie nicht halt. Doch von den Frauen in seiner Umgebung, von der Mutter, von Helene, Louise und Ida, fliegt ihm eine Ahnung zu, dass das Leben ganz anders sein könnte …

Das Buch zeigt, was Krieg bedeutet: hungern, warten, sich Sorgen machen … Man leidet mit Pauls Familie mit. Neue Zürcher Zeitung

So wird Geschichte fassbar, so kann man verstehen, was früher mit heute zu tun haben könnte. rbb

Ein packender Jugendroman.
Deutschlandfunk, Die besten 7

Ausgezeichnet mit dem Harzburger Eselsohr

www.gerstenberg-verlag.de

Alle Angaben der »Zeitungssplitter« sind dem Göttinger Tageblatt
1963/1968 entnommen.

1. Auflage 2017

Copyright © 2017 Gerstenberg Verlag, Hildesheim
Alle Rechte vorbehalten
Umschlag von Marion Blomeyer, LaVoila
Druck und Bindung: GGP Media GmbH, Pößneck
Printed in Germany

www.gerstenberg-verlag.de

ISBN 978-3-8369-5902-5